W0219989

DU MÊME AUTEUR

Aux Éditions Gallimard

DES FILLES BIEN ÉLEVÉES, 1987.

MON BEAU NAVIRE, 1989 (Folio n° 2292).

MARIMÉ, 1991 (Folio n° 2514).

CANINES, 1993. Prix Goncourt des lycéens 1993 (Folio n° 2761).

HYMNES À L'AMOUR, 1996 (Folio n° 3036).

UNE POIGNÉE DE GENS, 1998. Grand Prix du roman de l'Académie française 1998 (Folio n° 3358).

AUX QUATRE COINS DU MONDE, 2001 (Folio n° 3770).

SEPT GARÇONS, 2002 (Folio n° 3981).

JE M'APPELLE ÉLISABETH, 2004 (Folio n° 4270).

JEUNE FILLE, 2007 (Folio n° 4722).

L'ÎLE. Nouvelle extraite du recueil DES FILLES BIEN ÉLÉVÉES, coll. Folio 2 € n° 4674, 2008.

MON ENFANT DE BERLIN, 2009 (Folio n° 5197 et Classico Collège n° 98, coédition Éditions Gallimard – Éditions Belin).

UNE ANNÉE STUDIEUSE, 2012 (Folio n° 5680).

PHOTOGRAPHIES, 2012.

UN AN APRÈS, 2015 (Folio n° 6221).

Chez d'autres éditeurs

ALBUM DE FAMILLE, Éditions du May, 1992.

VENISE (avec les photographies de Jean Noël de Soye), Éditions du Chêne, 2001.

SALES CHATS (avec les illustrations de Nicolas Vial), Éditions de la Martinière, 2007.

NOS MAISONS DE FAMILLE (avec les photographies de Pascaline Marre), Éditions de la Martinière, 2012.

UN SAINT HOMME

ANNE WIAZEMSKY

UN SAINT HOMME

nrf

GALLIMARD

© *Éditions Gallimard, 2017.*

— Allô ? Allô ? Anne ? C'est vous ? Oui, je reconnais votre voix… Elle n'est plus la même, plus grave, moins enfantine… Mais tout ce temps qui a passé… Bien sûr, elle a changé… Je vous ai déjà appelée il y a une demiheure, il y avait une machine, un répondeur, un truc, mais je suis sûr que c'était vous. Bon, je n'ai pas laissé de message, moi, ces trucs, je ne suis pas encore au point… Juste avant, votre intervention à la radio, entendue par hasard, m'a laissé tellement stupéfait que j'en ai perdu tous mes moyens ! Je conduisais la voiture pour rentrer à la cure, j'ai stoppé net et me suis arrêté dans le premier café. Un annuaire et vlan, je vous appelle ! Et puis votre voix. J'ai repris la voiture et j'étais si ému que j'ai failli emboutir un arbre ! Le temps de regagner la cure et autre tentative pour vous joindre. Vous entendre, à la radio, tant d'années après, vous ne pouvez pas imaginer le choc ! Et, là, juste dans la façon dont vous avez dit « Allô », je vous ai reconnue ! Car c'est vous, ma petite Anne ? C'est vous, mon enfant de Dieu ? Mais je parle, je parle, je suis resté le bavard que vous avez connu et peut-être vous ne m'identifiez plus… Tant d'années, tant d'années…

— Père Deau !

Oh si, et tout de suite, je reconnais cette voix ! Elle n'a pas changé, de même que ce débit précipité, ces paroles sans retenue, son « bavardage », comme il dit. Cher, si cher père Deau, à qui je dois tant, je viens de le retrouver grâce à mon premier livre, *Des filles bien élevées*, et à une de mes premières émissions sur France Inter. Nous sommes le 2 février1988, j'essaie de compter les années : vingt ans ? Vingt-cinq ans sans se voir, sans se parler, en ignorant ce que nous devenions l'un et l'autre ?

— Oui, c'est le père Deau !

Il rit de ce rire joyeux, presque enfantin, comme s'il venait de me faire une bonne blague. Moi, j'ai du mal à lui parler tant mon émotion est grande. J'écoute à peine ce qu'il me dit à propos de ce qu'il a entendu sur mon livre, il m'étourdit.

— Vous m'appelez d'où ? Où êtes-vous ?

— Mais à Bordeaux !

Je suis si stupéfaite que je ne peux que répéter bêtement :

— À Bordeaux !

Il en rit de plaisir.

— Vous venez de retrouver votre voix de petite fille, pardon, d'adolescente serait plus juste. Oui, cela fait plusieurs années que je suis à Bordeaux, dans sa banlieue, à Talence pour être précis.

À Talence où se sont mariés mes grands-parents, Jeanne et François Mauriac, le 3 juin 1913. Je suis de plus en plus abasourdie. Lui continue.

— Après toutes ces années d'Afrique, c'est là que l'Église m'a missionné. Ce fut très douloureux de quitter l'Afrique, presque autant que de quitter le Venezuela, exactement comme ce le fut pour vous. Vous vous souvenez ? Maintenant, je suis heureux à Bordeaux, très heureux. La ville natale de François Mauriac, votre pays en quelque sorte ! Je me suis même rendu à plusieurs reprises dans sa propriété de Malagar. Et vous savez quoi ? Je pensais bien plus à vous qu'à lui ! Malagar, votre amour pour ce domaine revenait souvent dans vos rédactions... Presque autant que votre amour pour les chevaux et vos cavalcades folles dans la pampa... Mais sur ce point, je m'interrogeais : étiez-vous vraiment à douze ans comme à treize cette aventurière ? Alors, c'était vrai ? C'était inventé ? Vous voyez, les années sont passées, je ne suis plus votre professeur de français, je peux sortir de ma réserve. C'était vrai, la pampa ? Mais je bavarde trop et je vais être en retard au match de foot que vont disputer les garçons de ma paroisse et ceux d'à côté. Je n'ai pas changé, je suis toujours fou de foot et toujours un fameux avant-centre, vous pouvez me croire !

Je l'interromps, bouleversée.

— Je m'en veux tant de vous avoir abandonné, cela me poursuit depuis des années !

Un court silence entre nous qu'il brise le premier. Son ton est tout autre.

— Je ne me suis jamais permis de porter un tel jugement. Vous avez tellement souffert de quitter Caracas pour Paris... Ce fut un tel arrachement... Vous étiez un bloc de révolte, les lettres que vous m'écriviez et auxquelles je m'efforçais de répondre me faisaient peur.

Et la mort de votre père, ensuite, ce cancer qui l'a foudroyé alors que vous aviez à peine quinze ans et qui vous a fait décider, je vous cite, que « Dieu n'existait pas », ou plus exactement que « s'il existait un Dieu aussi cruel, c'était vous qui ne vouliez pas de lui ». Alors que pouvais-je faire, moi, fraîchement débarqué d'Amérique du Sud et si perdu, si perdu... Vous étiez venue me voir, une fois, dans ma nouvelle paroisse, en banlieue nord, fermée, hostile. Puis, plus rien. Je vous ai un peu écrit, j'ai appelé chez vous, en vain. Votre mère, gentiment, tentait de me rassurer : « C'est la crise de l'adolescence, ça lui passera. » Alors, oui, j'ai attendu un signe de vous qui n'est pas venu. Je vous ai revue une dernière fois, avant mon départ pour l'Afrique, quand je suis venu faire mes adieux à vous et à votre famille. Vous veniez d'avoir dix-neuf ans, vous aviez tourné dans un film et à demi raté votre bac de philo. Mais vous étiez resplendissante, comme propulsée vers une mystérieuse nouvelle vie dont j'ignorais tout. Vous m'avez même annoncé un événement qui m'a fait très peur, qui a embarrassé votre mère et provoqué l'hilarité de votre frère. Je suis certain qu'il en a fait un dessin, ce chenapan... Mais saperlipopette, on m'attend au foot et tout ça est loin derrière nous. Nous sommes à nouveau réunis, ne laissons pas le passé nous assombrir. Dès ce soir, je vous écris pour vous raconter ce que j'appelle un peu pompeusement « mes aventures ». Et puis après toutes ces mers et tous ces océans qui nous ont séparés, qu'est-ce que c'est Paris-Bordeaux ?

Il m'assure encore et encore de son affection et raccroche. Je l'imagine courant, en soutane, rejoindre ceux qu'il appelle « ses garçons ». À Caracas, elle était blanche, en France elle doit être noire. L'émotion m'étreint, un mélange de joie et de gratitude. Il a conservé en lui cette fraîcheur qui faisait dire à ma mère : « C'est un enfant. » Elle l'aimait tendrement, éprouvait pour lui beaucoup d'estime. Je me sens soudain presque réconciliée avec l'adolescente si dure, si injuste que j'avais été. Car oui, je l'avais bel et bien abandonné, froidement, sans regrets, sans remords, animée par une sorte de désir de rompre avec tout ce qui avait fait mon bonheur avant. Je n'ai gardé aucun souvenir de l'avoir revu à dix-neuf ans, mon frère, oui, peut-être, je vérifierai auprès de lui. Mais au fil des années, j'avais su mesurer tout ce qu'il m'avait donné et tout ce que j'avais perdu en le perdant, lui. J'imaginais parfois ce qu'il aurait pensé de mes différentes vies, comment il m'aurait jugée. Pour conclure que nous étions trop dissemblables, que la rupture serait advenue plus tard, mais qu'elle serait advenue. D'ailleurs où était-il ? Comment renouer avec lui ? Vivait-il seulement ? Tout à l'heure, il a parlé d'Afrique, il me semble.

Son coup de téléphone vient de tout balayer.

Aujourd'hui, malgré cinq déménagements, j'ai conservé dans mon actuel petit appartement de la rue Vavin une vieille sacoche en plastique Air France que m'avait offerte mon père après l'un de ses voyages. Elle contient mes souvenirs de Caracas et du Colegio Francia où mon frère et moi avions été si heureux : quelques photos en noir et blanc, des lettres de mes amies, celles du père Deau, cinq exemplaires du journal que nous avions créé lui et moi, *L'Écureuil*. Il faisait quatre pages et sortait tous les quinze jours. J'y écrivais un feuilleton de chevalerie, *Le Faucon noir*, dont il attendait la suite avec impatience.

Nous y ajoutions des potins concernant la vie au collège et plus particulièrement notre classe de cinquième, des rébus et des devinettes. J'étais la rédactrice en chef et seule journaliste. Lui se chargeait de le taper durant le week-end sur l'antique machine à écrire du collège. Mes camarades et les autres professeurs le lisaient-ils ? Pas sûr. Mais nous y mettions une telle passion ! Je ne l'avais pas attendu pour écrire des romans, tous plus ou moins plagiés sur *Le Club des Cinq*, j'adorais ça. Mais ce goût très vif pour l'écriture fut considérablement renforcé par l'intérêt qu'il me portait et c'est peu dire qu'il m'y avait encouragée.

J'ouvre la sacoche Air France à la recherche de ses lettres. Elles sont toujours très longues, denses, sur du papier bible car elles voyageaient en avion. L'écriture est régulière, petite, serrée. Au dos de l'enveloppe, son adresse : Marcel Deau, Colegio Francia. Av. D. Campo Claro, Caracas.

Je survole les passages me concernant, ceux où il essayait de me raisonner, de calmer ma colère envers la vie familiale que je menais désormais à Paris chez mes grands-parents quand ma mère avait décidé sans nous avertir de quitter Caracas, en 1962, je crois. Ceux encore où il s'opposait à mes nouvelles lectures, des lectures d'adulte qu'il jugeait dangereuses. Nous en étions restés à Gilbert Cesbron et je lui parlais de Raymond Radiguet, de Colette et de Stendhal. J'avais quatorze ans, il en avait à peu près vingt-cinq : les autorités religieuses avaient coutume d'envoyer certains jeunes prêtres se former à l'autre bout du monde… Ma mère avait raison : « c'était un enfant », et j'avais commencé à le considérer comme tel, sans indulgence et même avec un peu de mépris : je me jugeais maintenant plus mûre que lui.

Les passages où il me parle de sa détresse à l'idée de quitter définitivement Caracas pour un ailleurs dont il ignorait tout retiennent davantage mon attention. J'étais « sa seule raison » de rentrer. Pour la première fois, il espérait avec ingéniosité que je lui viendrais en aide, il avait confiance. Dans une de ses dernières lettres datée d'avril 1963, ces mots : « Priez pour moi, petite Anne. »

Je m'attarde encore sur quelques photos où il figure au milieu de ses élèves. Malgré sa jeunesse, il avait déjà les cheveux blancs. Sa petite taille et son visage émacié le feraient presque ressembler à un adolescent. Beaucoup de ses élèves avaient doublé, voire triplé leurs classes. Certains commençaient à avoir de la moustache et quelques filles affichaient une coquetterie prématurée qu'il réprouvait. Cette mixité qui l'avait d'abord effarouché et qui n'existait pas encore en France, il s'y était fait comme il s'était accommodé du peu d'intérêt que manifestait la majorité de ses élèves pour les études. Mais il espérait sincèrement les changer.

Une photo me touche particulièrement.

Le père Deau avait aussi la charge des scouts et des louveteaux. Trois grandes filles de quinze ans et qui étaient mes amies étaient les cheftaines de ces derniers. J'étais trop jeune pour être l'une d'elles et je rêvais de faire partie de leur groupe, de partager leurs expéditions. Alors le père Deau m'inventa le rôle de stagiaire et je pus me joindre à eux sous le totem « écureuil malicieux ». Écureuil, oui, encore, comme notre journal. Sur cette photo, je pose, bras dessus, bras dessous, avec mes louveteaux.

L'un d'eux m'avait même prêté pour l'occasion son foulard et sa casquette. Nous avons le même âge : douze ans. Mais à quoi bon continuer à m'attendrir sur ce passé ? On m'attend aux Éditions Gallimard pour je ne sais quelle interview, il serait temps de me souvenir que je viens d'écrire mon premier livre.

La lettre du père Deau est arrivée. Au dos de l'enveloppe, une autre adresse : Marcel Deau, 40, rue Pierre-Duhem, 33000 Bordeaux qui deviendra vite, 45 rue Calvé. Quatre pages écrites sur de grands feuillets recto et verso. Exactement la même écriture, le même ton naturel et enjoué. C'est comme si j'entendais sa voix.

Il me rappelle ses débuts que j'avais oubliés ou peut-être que je n'avais jamais sus.

Vendéen, d'un milieu extrêmement modeste, il était entré au petit séminaire dans la congrégation des Fils de Marie Immaculée vers l'âge de treize ans. C'était à la campagne, on y était complètement coupé du monde, le moindre courrier contrôlé. Après la classe de première, il était entré au noviciat et avait endossé la soutane. Il ne s'attarde pas sur les origines de sa vocation, il m'énumère des faits.

Il fut ordonné prêtre le 7 avril 1958 dans son église paroissiale des Sables-d'Olonne : « C'était un lundi de Pâques glacial. J'ai le souvenir amusé de la joyeuse cohue dans l'Église : tous les gens qui me connaissaient depuis mon enfance étaient là. Beaucoup étaient peu familiers de l'Église et tous voulaient les premières places. »

En juillet 1959, il embarqua pour le Venezuela où il venait d'être nommé professeur de français et de latin au Colegio Francia fondé quelques années auparavant par sa congrégation, dans le quartier est de Caracas. Il me rappelle ce que c'était : « Une ville folle. Le bruit, nuit et jour. Et, sous mes yeux, la vraie et grande pauvreté : les bidonvilles qui posaient leurs taches multicolores sur les flancs des montagnes. Et je me rendais compte que mon Église était presque totalement absente de ces quartiers pauvres mais qu'elle habitait le centre-ville. »

Il évoque à peine ce que fut son douloureux retour à Paris, en 1963, pour me raconter ce qui vint ensuite et dont j'ignore tout. Un moment « décisif » au Maroc, avec « des responsabilités plus importantes » qu'il ne précise pas. Car ce qu'il est pressé de me faire partager, c'est l'Afrique, le Cameroun : « De nouveau l'horizon, toujours un peu plus loin. À Caracas, j'avais vu la pauvreté. Au Cameroun, je l'ai partagée. »

Il me décrit « une Église très jeune, en train de naître, fervente et fragile, souvent plus proche de l'Évangile qu'en Occident ». Tout le peu qu'il croyait avoir appris est ébranlé mais il aime ce renouveau, cette remise en question. La fonction officielle pour laquelle l'Église l'avait mandaté ? La formation des jeunes qui souhaitaient devenir prêtres. Il s'adapta à eux et vécut au sein d'une population qu'il apprit petit à petit à comprendre et à aimer. C'était un quotidien difficile mais qui lui convenait. Les nouvelles du monde ne lui arrivaient pas ou très en retard. Peu lui importait. Il vivait au jour le jour porté par la foi en sa mission et la conviction qu'il avait une tâche importante à accomplir auprès de ces jeunes. Il me précise avec fierté qu'une vingtaine sont devenus prêtres et ajoute sans s'en expliquer davantage: « Ils le sont autrement que moi. »

Toujours surchargé de travail, il prenait sur ses heures de sommeil pour lire, pour approfondir sa connaissance des Évangiles. Pour penser aux siens aussi, aux Sables-d'Olonne, et à ses élèves dont il était sans nouvelles. « À vous surtout, ma petite Anne. Je vous avais quittée alors que vous partiez vers une nouvelle vie et cela me tourmentait. Je me demandais ce que vous deveniez, je me reprochais de ne pas chercher à entrer en contact avec vous. J'avais si peu de temps, il y avait toujours quelqu'un à voir, à écouter, à soigner dans tous les sens du mot. Mais vous étiez présente dans mes prières, tous les jours, et je n'ai jamais désespéré. » Ainsi lui aussi disait m'avoir abandonnée... Aucun commentaire sur ses autres élèves de Caracas qui l'avaient oublié, aucune rancœur. Non, s'il y avait eu faute, c'était lui qui l'avait commise. Comme je le reconnais.

M'ayant sommairement retracé son chemin, il en vient à ce qu'il considère comme le plus important nous concernant. « J'avais raison de ne pas désespérer », répète-t-il et, comme pour faire durer le suspense, il s'attarde sur quelques citations du pape Jean-Paul II qui semble l'avoir beaucoup influencé.

Une fois tous les deux mois, un camion faisait le tour des villages et projetait des films. Un grand drap blanc était tendu entre deux pieux et le conducteur se transformait en projectionniste. C'étaient des films français choisis au petit bonheur, souvent longtemps après leur sortie à Paris et en piteux état, le son, les images sautaient, il y avait même des interruptions qui duraient plus ou moins longtemps.

Mais pour les habitants du village, c'était la fête : en pleine brousse, le cinéma venait à eux ! Ils se regroupaient tous autour de l'écran installé sur la place principale et s'installaient à même le sol, dans la poussière de la terre battue, femmes, hommes, enfants et animaux mêlés.

Lui les regardait parfois, avec la curiosité de quelqu'un d'un autre monde sur une civilisation qui lui était étrangère.

Une affichette bricolée annonçait le nom du réalisateur et du film. « Je ne connaissais rien au cinéma, pardon, ma petite Anne, et c'est encore le cas, même en France, aujourd'hui. Mes amis africains non plus, mais la lecture de l'annonce du film faisait partie de leur plaisir. »

Il en vient au vif du sujet.

Un jour, alors qu'il était en train de relire les Évangiles, dans son local qui donnait sur la place du village, une voix qui murmure le fait sursauter : « Balthazar ! » Il sort dehors et sur le drap-écran malmené par le vent, il croit me reconnaître, puis bouleversé me reconnaît vraiment. Assis dans la poussière, entre des cochons, des chiens et des enfants, il est fasciné, « en pleurs souvent, sur vous, jeune adulte, encore enfant, mon élève, sur la cruauté qui s'abat sur votre personnage, Marie, sur l'âne. Je n'en revenais pas de vous retrouver ainsi, en pleine brousse ! À la fin, quand l'âne se meurt au milieu des moutons dans les prairies qui l'ont vu naître, je n'étais pas le seul à pleurer : tout le village était en larmes. Les animaux ont frémi comme s'ils pleuraient eux aussi ». Il apprend le nom du film, *Au hasard Balthazar*, et celui de son metteur en scène : Robert Bresson.

Mais il n'en reste pas là. Il sillonne la région, pour revoir le film, dans d'autres villages, se lie d'amitié avec le projectionniste, un Européen désabusé qui pour des raisons qu'il ne dira pas a fui sa Belgique natale. Il lui apprendra quelques faits me concernant : je suis une actrice, j'ai épousé un metteur en scène très connu, Jean-Luc Godard, et participé à ses côtés aux événements de Mai 1968. « Ce n'était pas grand-chose, mais c'était énorme ! Quant au film, je l'ai vu tant de fois que je connais par cœur certains dialogues. »

De retour à Bordeaux, il en apprendra davantage sur moi, lira quelques critiques sur des spectacles de théâtre dans lesquels je joue, se procurera d'anciens articles sur mon mariage avec Jean-Luc Godard. Quelqu'un l'informe que je suis maintenant divorcée. « Sans rien connaître de lui, cela m'a fait de la peine. Je me disais : comment fait-elle ? Quelle femme est-elle devenue ? » Il ajoute : « À ce moment-là, ce n'était pas compliqué d'entrer en contact avec vous, mais je vous l'avoue, je me suis dit que nos vies étaient devenues trop éloignées l'une de l'autre et j'ai eu le même réflexe qu'en 1963, à Caracas, quand on m'a annoncé que j'aurais en classe de cinquième la petite-fille de François Mauriac, “elle doit se croire importante !”, cela m'avait fait peur et un peu indigné même si cela s'était révélé, dès notre première journée de classe, complètement faux. Alors, j'ai répété la même crainte mais dès que je vous ai entendue à la radio, j'ai su quel idiot j'étais d'avoir douté de vous ! »

Il dit encore que sa vie de prêtre lui laissait peu de temps pour s'attarder à des pensées, des sentiments personnels, et termine sur cette phrase : « Après le Cameroun, je suis revenu en France, et de cela je ne parlerai pas. Il m'a fallu redécouvrir que je n'étais plus chez moi. Cela a pris du temps, mais le plus dur est fait ! » Et comme pour me rassurer : « Je vous l'ai déjà dit et je le répète : je suis très heureux à Bordeaux. »

Quelques semaines passent durant lesquelles je suis toute à la joie de m'occuper de mon livre. C'est si nouveau que je n'arrive pas encore à m'y habituer. Je continue à le contempler avec cette fierté qui m'avait fait m'exclamer quand je l'avais découvert en piles dans le bureau de l'attachée de presse : « Comme il est beau !
— C'est un livre Gallimard », m'avait répondu celle-ci, gentille mais blasée.

Entre le père Deau et moi, la correspondance reprend. Très vite, nous convenons de nous revoir en mai à Malagar car je dois m'y rendre pour terminer d'aménager le petit logement que la région Aquitaine met à la disposition de la famille Mauriac pour la remercier de lui avoir fait don de la propriété. Je lui avais décrit la colère puis le chagrin que j'avais éprouvés face à la décision de ma mère, de sa sœur et de ses frères. Leur volonté inébranlable malgré mes supplications, celles de mon frère et de mes cousines. Nous ne réclamions que de différer de quelques années leur choix. J'étais la plus acharnée car j'y allais souvent. Cette propriété était ce à quoi je tenais le plus au monde. Un paradis de l'enfance d'abord, des années délaissé, et un paradis pour l'adulte que j'étais devenue. Durant les huit dernières années de la vie de ma grand-mère, j'avais pris l'habitude de passer de réguliers séjours auprès d'elle. C'est là que nous avions appris à nous connaître et à nous aimer. À sa mort, grâce à l'insistance de ma plus chère amie, j'y étais retournée. Miracle, les jours heureux étaient tout aussi vivants et je pouvais y retrouver sans tristesse des êtres aimés et disparus. C'est là que j'ai commencé à écrire. Je pus en profiter encore deux ans puis je dus m'en aller comme en avait décidé ma famille.

En ce mois de février 1988, je leur en veux encore malgré ce petit appartement situé dans un autre bâtiment et que nous avions aménagé peu de temps auparavant, une de mes cousines, son frère et moi. Je n'y ai jamais encore séjourné et j'ignore comment cela se passera.

Le rendez-vous avec le père Deau est fixé au 13 mai, à 11 heures, sur la terrasse qu'affectionnait tant François Mauriac et que ses fidèles lecteurs connaissent bien. Dans sa dernière lettre, il ne cache pas sa joie et sa confiance. Il y ajoute un malicieux post-scriptum : « J'ai un peu forci, je suis toujours de petite taille et je porte une barbe complètement blanche, comme mes cheveux, un vrai père Noël ! »

Dès 10 heures et demie, je l'attends sur le banc en fer, sous le figuier. Je contemple l'étendue infinie des vignobles et la masse sombre des pins au loin. J'écoute le bruit de ferraille et le sifflement que fait le train en passant sur le viaduc qui traverse la Garonne à Langon et qui ont bercé tant de mes nuits ; les chants d'une multitude d'oiseaux dont ceux triomphants des merles. Il fait beau, doux, le ciel est d'un bleu pur, parfait, qui n'existe nulle part ailleurs. « Malagar s'est mis sur son trente et un », aurait dit mon grand-père.

Mais je suis triste à pleurer.

Arrivée la veille en compagnie d'un ami amant, j'ai déjà accompli les quelques petites choses prétextes à ma venue, fait les promenades que j'aime tant, dîné à l'auberge du village de Verdelais où les patrons m'ont accueillie avec la même chaleur. J'ai reculé autant que j'ai pu le moment d'aller me coucher. Dormir dans cette petite chambre inconnue meublée des plus beaux restes de l'autre maison me terrifiait. Cela me fut impossible. C'était un sacrilège de partager ici le lit en cuivre qui avait connu sa vraie grande vie ailleurs, un sacrilège de l'avoir fait enlever en pensant le sauver de la vente qui l'attendait. La vision des quelques autres meubles, miroirs et gravures ne me ramenait pas à la raison comme me le réclamait ce compagnon qui ne comprenait rien à mon désespoir. Il me jugeait égoïste et enfantine, souhaitait que je le laisse se reposer.

Je passai la nuit, les yeux grands ouverts, à écouter la respiration des arbres, le passage des trains sur la Garonne, le cri de la hulotte perchée je ne sais où et les aboiements de quelques chiens errants dans la campagne. Plusieurs fois, je me levai pour regarder à travers la fenêtre la grande maison, à seulement quelques mètres, les chais qui lui étaient accolés, avec leurs toits affaissés, leurs tuiles d'un rose merveilleux. Le ciel très étoilé et une lune presque pleine me permettaient d'en distinguer les moindres détails. Sans lumière et avec ses lourds volets fermés, la maison semblait endormie comme la Belle du conte de fées. Ou morte.

Dès le lever du jour, je pris la décision de ne plus jamais revenir à Malagar et de rentrer à Paris. Je n'y étais plus chez moi, les fantômes chéris de mes grands-parents s'en étaient allés, eux aussi.

— Toujours en train de rêver !

Le père Deau se tient devant moi et rit de m'avoir fait sursauter. Je ne l'avais pas entendu venir, je l'avais même oublié.

— Père Deau !

D'un bond je suis debout et nous nous étreignons longuement. Il continue de rire et répète des « Ça alors ! » pour atténuer son émotion. Je ne cherche pas, moi, à dissimuler la mienne et les larmes que je m'apprêtais à verser sur la perte de Malagar se transformeraient presque en larmes de joie. Puis, nous nous éloignons de quelques centimètres pour mieux nous examiner. Il est tel qu'il s'était décrit : petit, avec des cheveux blancs comme son épaisse barbe de père Noël. Il a grossi aussi, ce n'est plus l'homme à la minceur de jeune homme que j'avais connu. Mais ce n'est pas ce qui m'étonne le plus.

— Vous ne portez pas de soutane !

Son rire se transforme en fou rire.

— Bien sûr, depuis longtemps, depuis le concile Vatican II ! C'est tellement plus pratique pour jouer au foot ! Je porte une discrète petite croix au revers de ma veste qui indique que je suis un homme d'Église, c'est tout !

Il me la montre.

— Vous ne fréquentez pas beaucoup de prêtres, on dirait...

J'en conviens. Il a un geste de la main pour signifier que cela n'a aucune importance et que le sujet est clos.

— Faites-moi visiter votre Malagar, nous bavarderons en marchant, nous avons tellement de choses à nous raconter !

Et nous parlons, nous parlons, nous parlons. Je le conduis le long des cyprès plantés jadis par François Mauriac et qui sont maintenant bien clairsemés. Il me bombarde de questions sur ma mère et sur mon « galapiat de frère », comme il l'appelait et dont il admire les talents de dessinateur. Parfois, il ne prend même pas le temps d'écouter mes réponses pour revenir au Cameroun et aux activités de sa paroisse, à Talence. Je lui désigne la petite maison de Calèse où vivait jusqu'à il y a peu de temps un ancien vigneron, René, à qui je ne manquais jamais de rendre visite et à qui j'étais très attachée. Je lui cite ses paroles quand il avait appris que ma famille avait fait don de Malagar à la région Aquitaine : « Ils n'auraient pas d'argent et seraient obligés de vendre, je l'admettrais... Mais retirer la propriété à ses enfants pour l'offrir... Ils sont donc tellement riches chez toi ? » Son indignation si sincère jointe à mon chagrin nous avait encore rapprochés. Je crois bon toutefois de préciser :

— Mais avant, du temps de mes grands-parents, ma famille a été généreuse avec lui qui avait travaillé toute sa vie pour eux sur leurs terres, et c'est mon oncle Claude qui a décidé de lui laisser la jouissance de Calèse pour qu'il y ait une retraite heureuse, vous savez, l'oncle que je ne peux m'empêcher d'aimer, le seul d'ailleurs, même si je lui en veux à lui aussi…

Nous dépassons la petite maison et sortons de la propriété par le chemin qui monte au Calvaire puis descend vers le village de Verdelais. À un certain endroit, je lui demande de marquer un temps d'arrêt pour respirer la puissante odeur de fenouil sauvage qui se dégage d'un buisson.

— Ce parfum existe depuis toujours, là, immuable.

Il accueille cette information avec respect.

— J'ai déjà pris ce chemin en venant de Malagar mais je ne l'avais jamais senti, votre fenouil sauvage.

Le chemin goudronné qui ne mène nulle part se transforme en un large escalier jusqu'au village. Des marches en pierre entre lesquelles l'herbe pousse, épaisse, drue, avec des fleurs qui semblent capables de résister à tout. Au-dessus de nous, de grands arbres forment une voûte sombre qui l'été atténue la fournaise de l'après-midi en un havre de fraîcheur. Je lui explique qu'ils nous cachent le Calvaire où nous nous arrêterons au retour et d'où la vue sur la vallée de la Garonne est plus belle encore que de la terrasse de Malagar. De part et d'autre, quatorze chapelles presque identiques qui correspondent aux quatorze stations du chemin de croix du Christ.

— Désolée, mon père, mais nous les voyons à contresens, nous les verrons mieux au retour.

— Je sais, je le connais bien, ce chemin de croix. Mais appelez-moi par mon prénom, Marcel, comme le fait tout le monde.

Je suis sincèrement offusquée.

— Ah, non ! Pour moi vous êtes et vous serez toujours le père Deau !

Il semble vouloir insister mais mon visage soudain buté le fait hésiter : on en serait presque à se chamailler. La chapelle où le Christ rencontre sa mère devant laquelle nous nous sommes arrêtés nous calme.

— Comme vous voudrez.

Au bout de l'escalier, à l'entrée du village, nous passons devant le petit cimetière communal.

— Toulouse-Lautrec qui vivait au château Malromé, à quelques kilomètres, y est enterré. Vous allez me dire : « Ce patachon ! »

— Non, pourquoi ?

J'allais lui répondre mais il s'empresse de reprendre la parole.

— On traverse la petite rue centrale et on entre dans la basilique.

La basilique ? J'ai toujours entendu et dit l'église de Verdelais...

Quelques rares personnes, des femmes, prient, agenouillées. La lumière du printemps, à travers les vitraux, éclaire particulièrement la Vierge Marie, somptueusement habillée, mais dont le visage n'est pas celui que nous avons coutume de voir. Je murmure :

— La Vierge noire, il n'y en a pas beaucoup en France, cela fait de Verdelais un lieu de pèlerinage gitan qui a lieu une fois par an. Un jour...

Le père Deau, les mains discrètement jointes, ne m'écoute pas.

— C'est Marie, consolatrice des affligés, murmure-t-il à son tour.

Je le laisse et m'en vais du côté du mur des ex-voto, dans la nef. Je les ai contemplés tant de fois que je pourrais en réciter certains par cœur. Beaucoup proviennent de familles de marins. Des mères et des épouses appellent sur eux la bienveillance de la Vierge. Certains, rescapés d'un naufrage, la remercient. Bordeaux, son port, ses départs vers de longues et incertaines traversées ne sont pas loin... Comme à chacune de mes visites, j'allume un cierge.

Quelques pas et je suis devant la statue en cire de la jeune sainte Exupérance, petite martyre de douze ans qui, issue d'un milieu païen de la Rome antique du IVe siècle, fut égorgée par son père parce qu'elle aspirait à un baptême chrétien. Cette statue la représente couchée, en robe blanche, avec des traces de sang sur le cou. Son visage exprime un troublant mélange de souffrance et de bonheur. Elle m'a toujours impressionnée.

Le père Deau m'a rejointe.

— Je n'aime pas trop la représentation si réaliste de cette petite martyre chrétienne. Et vous ?

— Moi, je l'adore !

— « Adorer », « détester », c'est les mots que vous aviez coutume d'employer le plus quand vous étiez enfant ! Vous vous souvenez ?

Aucune trace de jugement dans ces paroles, plutôt une certaine joie à me retrouver telle qu'il m'avait connue.

Nous reprenons le même chemin de croix qui mène au Calvaire. Le père Deau, de nouveau, est intarissable. Il reparle de Caracas, du Colegio Francia, de ses élèves qui étaient ou pas mes camarades. Il cite des noms, je lui réponds. En fait, lui et moi les avons tous perdus de vue depuis longtemps. À l'énoncé du prénom du garçon qu'il aimait le plus, qui était dans ma classe et qui était mon ami, il s'assombrit :

— Lui, c'est celui en qui j'avais mis beaucoup d'espoirs et qui m'a douloureusement déçu... Dès seize ans, il m'a semblé qu'il tournait mal... Après, il est rentré en France à son tour et je n'ai jamais eu, malgré mes lettres, la moindre nouvelle. J'en éprouve encore aujourd'hui un vrai chagrin et le sentiment d'avoir été trahi, de ne pas pouvoir m'expliquer ce que je n'ai pas fait ou mal fait.

Il prend une longue respiration avant de poursuivre :

— Et vous, ma petite Anne ? Vous vous entendiez si bien malgré la guerre que vous vous livriez en classe sous forme de billets menaçants qui m'amusaient beaucoup car ils reflétaient surtout votre profonde complicité.

Je m'en souviens. Dans le cartable Air France, quelques traces demeurent.

Oui, je l'avais revu, mais brièvement. Nous n'étions plus les mêmes. Il m'avait tout de suite présenté son père venu d'on ne savait où, dont il ne m'avait jamais parlé et qui prétendait chercher du travail. Lequel avait poursuivi ma mère de demandes auxquelles elle ne pouvait de toutes les façons pas répondre. « Il se sert de son fils et de votre ancienne amitié pour obtenir de l'aide, de l'argent. Il n'est pas net. » Quelques appels téléphoniques où elle avait répondu « que je n'étais pas là » avaient suffi pour éloigner mon ancien ami et son père. Ce souvenir me crée un malaise : nous avions été, ma mère, mon frère et moi, tellement soulagés de ne plus les voir ! « Ce n'était pas très charitable », aurait pu dire le père Deau. Mais il est devenu rêveur et se tait quelques secondes. Pour reprendre sur un ton plus grave :

— Vous ne le saviez certainement pas, mais il y avait de tout au collège : des enfants d'ambassadeurs ou de la bonne bourgeoisie, comme vous, mais aussi des enfants de collabos réfugiés au Venezuela parce qu'ils étaient recherchés par la justice française. Certains étaient là sous un nom d'emprunt. Sans oublier les enfants d'Européennes rejetées par leur famille : elles s'étaient retrouvées enceintes d'un Vénézuélien, avaient accouché de ce qu'on appelle « un bâtard » et vivaient comme elles pouvaient, seules ou dans la famille souvent hostile du père. Celles-là étaient peu nombreuses mais elles étaient le plus à plaindre... La consigne, pour nous, consistait à faire en sorte que tous les enfants soient considérés sur le même plan et nous gardions le secret sur les origines de leurs parents.

Il s'émeut.

— J'ai aimé ce mélange. Vous étiez tous des enfants de Dieu.

Ce n'est pas cela qui m'intéresse. Je lui demande s'il y avait parmi les « enfants de collabos » certains de mes camarades de classe. Il ne répond pas. J'insiste : Unetelle ? Untel ?

— Je ne vous le dirai jamais, nous avions prêté serment. Je tiendrai ce serment jusqu'au bout de ma vie.

Et, comme pour rendre ses paroles plus légères :

— Ah, non ! Ne faites pas le cocker malheureux comme vous saviez si bien le faire, à douze ans, quand vous aviez une mauvaise note en latin. À nos âges, c'est déloyal !

J'insiste encore. Je lui cite le prénom du plus âgé de ses élèves de cinquième, qui triplait sa classe, et qui était, je crois, d'origine égyptienne. Il avait de magnifiques yeux bleus, de gros sourcils noirs et un début de moustache.

Le père Deau s'amuse franchement.

— Lui ? Ce cornichon ? Ce roi des cancres ? Vous n'y êtes pas du tout, ma petite Anne, c'était le fils d'un ambassadeur tout ce qu'il y avait de plus respectable !

Nous avons dépassé la chapelle du Saint-Sépulcre, dernière station du chemin de croix, en haut de la colline. En face, le chemin redescend vers Calèse et Malagar, à droite il conduit au Calvaire, à quelques mètres, encore caché par les grands arbres. L'herbe est haute et je me demande quand on viendra la faucher.

Le père Deau n'a pas un regard pour les deux anges qui gardent le Calvaire, au pied des marches, ni pour le Christ en croix entouré de ses deux larrons. Moi, je les contemple avec ravissement. J'aime l'aspect déglingué de ces statues, leurs couleurs passées, l'aspect typiquement XIXe siècle de l'ensemble que beaucoup jugent « de mauvais goût ».

Nous nous asseyons sur les marches, à mi-hauteur. Devant nous le paysage s'étend à l'infini : les vignes qui descendent vers la Garonne que l'on devine couler entre les peupliers, les vignes encore, le début des landes au fond qui précèdent l'Océan. Il fait si beau, le ciel est si bleu que l'on distingue le moindre détail. Nous nous taisons, comme pareillement émus par la beauté du lieu, sa quiétude. Je ne m'étonne même pas que ce soit si facile de retrouver le père Deau après toutes ces années. Je nous sens à l'unisson et je le vois tel qu'il est maintenant :

un petit homme qui a mûri et qui porte une barbe de père Noël. Je m'apprêtais à lui raconter que du vivant de ma grand-mère je venais tous les jours m'asseoir sur les marches du Calvaire. Contempler ce paysage m'apaisait, ramenait en moi une paix que je ne trouvais nulle part ailleurs. Parfois je voyais les orages arriver des Landes, le ciel s'obscurcir, et il n'était pas rare que je regagne trempée la maison. Mais c'est lui qui parle le premier.

— Comment va votre maman ?

Sa question me prend de court. Pourtant, j'essaie de lui répondre. Depuis qu'on a diagnostiqué chez elle une dépression chronique, elle est sous médicaments et fait des séjours à l'hôpital psychiatrique du Kremlin-Bicêtre dès que son état empire. Je tais à quel point je m'inquiète à son sujet et la culpabilité que j'éprouve à la voir si peu, à ne rien pouvoir faire pour elle.

— Depuis qu'on a reconnu qu'elle est une grande dépressive qu'il faut traiter à vie, elle va beaucoup mieux : envolées, les migraines et les crises de foie habituelles !

— Il faut que vous soyez indulgente, votre mère a dû beaucoup souffrir.

Je le sais. Mais qu'est-ce qu'il évoque, au juste ? La mort de mon père ? Celle par accident de l'autre homme qu'elle aimait alors que nous venions juste d'arriver au Venezuela ? Cette mort l'avait brisée pour des années. Le père Deau se tourne vers moi, une expression douloureuse sur le visage :

— Je lui dois beaucoup... Vous vous rappelez ces matinées, quand vous arriviez avec votre frère au collège et que je vous attendais en lisant mon bréviaire ?

Je me le rappelle.

Notre père nous déposait à l'entrée du collège avant de rejoindre son bureau. Un chemin descendait en pente douce vers les bâtiments où se trouvaient les salles de classe, les bureaux avec, au milieu, la cour de récréation. La chapelle, blanche, moderne, les précédait. Une allée, parallèle au chemin, y conduisait directement que le père Deau arpentait tous les matins, son bréviaire à la main. En nous voyant, son visage s'illuminait et tandis que mon frère courait jouer avec ses petits camarades, nous reprenions aussitôt la discussion interrompue la veille.

Car nous aimions discuter, échanger des idées, des points de vue. Sur la lecture principalement. Il aimait me conseiller certains livres dont j'ai tout oublié hormis *Chiens perdus sans collier* de Gilbert Cesbron et *Les Clés du royaume* d'A. J. Cronin. Il avait hâte de connaître mon avis. Sur ceux que je lisais de mon côté, dont il ignorait parfois l'existence, il était tout aussi curieux. À propos de certains, qu'il connaissait ou dont il avait entendu parler, il s'enflammait : j'étais trop jeune, ce n'était pas de mon âge. Je me souviens encore de sa stupéfaction quand j'avais commencé à lui raconter les aventures de *La Marquise des Anges*, que ma mère et moi suivions avec avidité dans le quotidien *France-Soir*. Un de ses amis, pour lui faire plaisir, l'y avait abonnée et les journaux arrivaient par paquets, pas toujours dans le bon ordre. Il était encore souvent question de la vie quotidienne au collège et de la religion. Le contraste entre la misère des bidonvilles et d'autres quartiers riches de Caracas me choquait. Comment Dieu tolérait-il une telle injustice ? Il essayait de tempérer mes emportements. « Il faut accepter de ne pas comprendre les intentions de Dieu, il faut l'aimer, lui faire confiance, ne jamais douter de son amour pour nous. »

Nous n'évoquions jamais ce rendez-vous matinal, c'était tacite. Une sorte de rituel que nous avions établi sans jamais le décider et qui nous réjouissait autant l'un que l'autre. Le père Deau me traitait comme une égale, je trouvais cela naturel et de fait, lors de ces discussions, c'était comme si nous avions le même âge. Très animés, nous remontions et descendions l'allée jusqu'à ce que la cloche du collège annonce le début des cours.

Un matin, à ma grande surprise, le père Deau ne s'y trouvait pas. J'avais attendu l'heure de la récréation pour lui en demander la raison et j'avais cru en sa réponse : il avait eu un travail urgent à terminer. Le lendemain et les jours suivants, même absence et même réponse. Il semblait embarrassé, je l'avais remarqué mais n'y avais pas attaché trop d'importance. Dans un mois, ma mère, mon frère et moi embarquerions pour la France et j'étais toute à l'excitation de revoir ma famille et le merveilleux transatlantique *Antilles* que nous connaissions et adorions tous les trois. La fin des vacances d'été nous ramènerait à Caracas, au Colegio Francia, et je retrouverais le père Deau et nos discussions du matin.

Ce que nous ne savions pas, mon frère et moi, c'est que notre mère en avait décidé autrement : nous ne reviendrions jamais au Venezuela, nous ferions nos études à Paris, hébergés par nos grands-parents. Nous étions donc partis le cœur léger sans soupçonner une seconde son terrible choix. Et le père Deau, lui, que savait-il ? Lui avait-on menti à lui aussi ou bien était-il au courant et tenu au secret ?

— Vous ne vous souvenez pas ?

Perdue dans mes pensées, j'avais oublié qu'il m'avait posé une question.

— Si, bien sûr que si.

— Et vous savez pourquoi, un jour, je n'ai plus été là pour vous attendre ?

L'expression de son visage demeure douloureuse et m'effraie, tout à coup : j'ignore quelle réponse lui donner, craignant qu'elle n'ajoute à sa détresse. Je me mets à parler doucement, en hésitant.

— Oui, mon père... J'ai su, maman m'a raconté. Plus tard, bien plus tard je crois...

Quand ? Je l'ignore. Les caprices de la mémoire me troubleront toujours. Comment puis-je me souvenir exactement de son récit et n'avoir plus la moindre idée de quand il a eu lieu ? Ce devait être après la mort de mon père, je suppose, quand j'avais décidé de ne plus revoir le père Deau ? Elle m'aurait alors fait ces confidences pour m'attendrir, pour m'amener à plus de douceur à son égard ? Oui, peut-être était-ce à ce moment-là. Mais peut-être aussi à un autre. Des années après. Un souvenir qui l'aurait brusquement traversée et qu'elle m'aurait livré tel quel, sans réfléchir. J'ai pareillement oublié ma réaction et j'ai peur de ne pas en avoir eu. De l'indifférence, je crains. Alors qu'aujourd'hui, le père Deau retrouvé et assis à mes côtés sur les marches du Calvaire de Verdelais, j'éprouve soudain du chagrin en m'imaginant le sien. Car il avait beaucoup souffert, ma mère avait insisté sur ce point.

Voilà.

Quelques personnes malveillantes, dont j'ignore

l'identité, avaient remarqué nos quotidiennes rencontres du matin et en avaient été scandalisées : un prêtre donnait jour après jour rendez-vous à une adolescente, presque une petite fille, au vu et au su de tout le monde, y compris des autres enfants du collège. Ces personnes avaient porté plainte auprès du Père supérieur et cette grave accusation fut prise au sérieux. Il avait convoqué dans son bureau et ma mère et le père Deau. Ma mère en avait d'abord ri : « Et vous me dérangez pour une absurdité pareille ? », avant d'en être outrée. Son indignation si sincère avait réconforté le Père supérieur et il avait cru que cette histoire se serait terminée, là, sur un simple conseil de prudence. Il n'en avait rien été et nos accusatrices étaient revenues à la charge, avec plus de rage encore. Il avait dû alors organiser une confrontation entre elles d'une part, ma mère et le père Deau d'autre part. Ma mère avait défendu mon professeur comme une lionne ses petits, persuadée de l'innocence de nos rendez-vous matinaux et témoin de tout ce que ces échanges m'apportaient. Mais le mal et la calomnie avaient laissé des traces. Interdiction fut faite au père Deau de me voir en dehors des heures de classe et cela jusqu'à notre départ pour la France. La colère me prend comme si cette lointaine histoire datait de la veille.

— C'était dégueulasse !

— Oui, dégueulasse !

Nous rions soudain d'avoir employé un tel mot, lui surtout. Ouf, il n'y a plus de détresse, il a retrouvé cette gaieté que je crois lui avoir toujours connue. Il revit la scène mais dans ce qu'elle a de comique.

— Votre mère a été épatante ! Elle a insulté mes

accusatrices comme même en Vendée je n'avais jamais entendu un homme oser le faire, et quand l'une d'elles s'est permis de la traiter de complice, elle lui a carrément craché à la figure !

Nous en rions de plus belle. Il se reprend.

— Ce que j'ai compris, peu après, et qui était bien au-delà de la confiance dont elle m'honorait, ce que j'ai deviné, c'est qu'elle avait dû beaucoup souffrir pour me défendre comme elle l'a fait : elle sentait ma souffrance comme seul quelqu'un qui en avait eu l'expérience peut le faire. Je lui en serai éternellement reconnaissant.

— Et vous leur avez pardonné, à ces salopes ?

— La vie quotidienne d'un prêtre n'est pas toujours rose. Oui, chère Anne, pardonner me fut parfois difficile...

Ma curiosité s'éveille et j'ai soudain envie d'en savoir plus.

— Vous m'avez évoqué votre transfert à Bordeaux comme une souffrance. Pourquoi ?

Il m'interrompt :

— Mais j'ai ajouté tout de suite que je suis très heureux à Bordeaux. Comme tout le monde, j'ai des blessures. Ma mission est de m'occuper de celles des autres et croyez-moi ou pas, c'est du boulot !

Et pour couper court à d'éventuelles autres questions, il bâille, s'en excuse.

— C'est que je commence à avoir faim ! Quelle heure est-il ?

Je sursaute. Il est 13 h 30, mon ami qui a dû improviser une sorte de pique-nique-déjeuner doit nous attendre et s'impatienter. Lui aussi, je l'avais oublié !

Au retour, nous coupons par le chemin entre les deux rangées de vignes qui mène directement à la maison. Je tente d'expliquer au père Deau que l'homme qu'il va rencontrer est plus un ami qu'un amant ; que d'ailleurs, des hommes, j'en ai déjà eu plusieurs dans ma vie dont certains seulement ont compté et que j'espère qu'il y en aura d'autres encore. C'est difficile de lui dire à lui qui m'avait connue enfant, puis adolescente, que je ne suis pas une sainte, loin de là. Cela ne semble pas le choquer, il me sourit gentiment.

— En lisant votre livre, je m'en étais un peu douté. Pardonnez-moi cette réflexion, mais certaines de vos nouvelles me semblent très autobiographiques et je ne me demandais pas, comme je le faisais jadis en lisant vos rédactions, si vos folles cavalcades dans la pampa étaient vraies ou fausses... Votre livre me parle plus directement de la femme que vous êtes devenue et cette femme, je l'aime autant que je la respecte. D'ailleurs, en arrivant, je l'ai croisé votre ami : c'est lui qui m'a confirmé que vous m'attendiez comme prévu sur la terrasse.

Je suis très soulagée, émue aussi par sa sincérité.

— Alors, vous ne me considérez pas comme une patachone ?

Il est surpris.

— Cela fait la deuxième fois que vous employez ce drôle de mot. Pourquoi ?

— Vous ne vous souvenez pas ?

Je lui raconte alors une de nos dernières rencontres matinales au Colegio Francia.

J'étais en train de découvrir les poèmes d'Alfred de Musset et lui s'était employé à tenter de me démontrer que c'était trop tôt, que cette lecture pouvait attendre. Un à un, j'avais réfuté ses arguments en répétant inlassablement : « Alors, pourquoi je ne dois pas lire Alfred de Musset ? » Le père Deau, dépassé par ma fermeté et mon insistance, avait alors eu cette phrase qui encore aujourd'hui me fait rire : « Parce que, parce que c'est... Un patachon ! »

Nous sommes arrivés près de la grande maison et j'aperçois mon ami qui vient vers nous. Le père Deau, hilare, se porte à sa rencontre la main tendue et, comme s'ils se connaissaient depuis longtemps :

— Vous savez ce qu'Anne vient de me rappeler ? Vous savez combien cela peut être bête un jeune prêtre, professeur de français et de latin, en 1961 ? Eh bien, vous allez le savoir !

Après un agréable pique-nique-déjeuner, j'escorte le père Deau jusqu'à sa voiture garée à l'entrée de la propriété : il doit regagner Bordeaux, mon ami et moi, Paris, car je suis fermement décidée à quitter Malagar pour n'y plus revenir. Nous sommes heureux et tristes à la fois, fatigués aussi par l'émotion de ces retrouvailles et tous les souvenirs que nous avons évoqués. Il me tend une grande enveloppe qui attendait sur la banquette arrière.

— À Caracas, quand vous étiez en cinquième, je me suis amusé à tracer par écrit un portrait de vous. Je l'ai retrouvé et vous en ai fait une photocopie. Vous le lirez ou pas. Si vous le lisez, soyez charitable. Je ne suis pas un écrivain, moi !

Il me fait un baiser sonore sur chaque joue sans attendre ma réponse ou un quelconque commentaire et monte dans la voiture. Le moteur en marche, il me dit au travers de la vitre ouverte :

— Même si vous avez des prétentions à devenir une patachone, votre âme est pure.

Cette dernière phrase m'émeut comme elle continuera à m'émouvoir quand, de temps en temps, il me la redira. Elle ne comporte aucun jugement. Il a dit ce qu'il éprouve, c'est tout.

ESQUISSE... (NOTES POUR UN PORTRAIT)

Arrivé depuis peu, on m'avait dit :

— Tu auras pour élève la petite-fille de François Mauriac, son père est le prince Wiazemsky...

— Manquait plus que ça ! Mince alors !

Je reçus la nouvelle avec un mélange de fierté et d'appréhension. Car enfin ! Enseigner le français à la petite-fille du Grand Mauriac, ça flatte son homme ! Mais en même temps, se réveillait en moi un vieux fond d'hostilité contre les gens qui vivent de la réputation d'autrui, et qui pour toute noblesse se satisfont de celle de leurs ancêtres !

J'interrompis là la suite de ces réflexions où commençait le jugement téméraire et me répétais mon vieux refrain devant toute situation inconnue : « On verra bien ! »

Et maintenant, deux années scolaires, ou peu s'en faut, sont passées. Et je regarde Anne...

« Dieu du ciel ! Quelle grande perche ! » me suis-je dit, en la voyant revenir cette année.

C'était une petite fille qui nous avait quittés l'an dernier ; et je retrouvais, surpris, un grand corps long, sec et maigre.

Elle a toujours son casque de cheveux fauves et luisants,

séparés au sommet par une vague raie, ligne de démarcation souvent indécise. Un serre-tête discipline tant bien que mal cette toison, qui s'accroche parfois derrière les oreilles, ou, mieux, dégouline le long de ses joues.

Son visage n'a pas l'ovale standard. Un peu long et plat, il s'affine brusquement à la base, dessinant un menton fin et résolu. Son regard marron, maintenant à la même hauteur que le mien, me regarde toujours bien en face, sans hardiesse insolente comme sans timidité. « À la bonne heure ! On ne me l'a pas changée ! » Et je me rappelle la parole du Seigneur : « Les yeux sont les fenêtres de l'âme. Si ton œil est lumineux, en ton corps habite la lumière. »

Maintenant, Anne écrit. Assise à sa table, un sujet de rédaction au tableau, rien ne compte plus, me semble-t-il, du monde extérieur. Elle habite pour une heure et demie, peut-être davantage, un monde de rêve et d'aventures, où sa copie me fera pénétrer tout à l'heure, avec délices.

Ses longues jambes croisées, repliées sous sa chaise, son buste étroit d'adolescente légèrement comprimé, le coude étalé sur la table, et le droit collé à la hanche, la tête en avant, Anne écrit, de son écriture invertébrée et hâtive.

De temps à autre, la plume errant sur ses lèvres fortement dessinées, elle poursuit un instant son rêve, puis les lignes s'accumulent, où l'orthographe livre – et perd, hélas – bien des batailles, mais où les héros généreux gagnent les leurs.

« Apprendre le français à la petite-fille de François Mauriac ! » J'étais un peu naïf ; et lui ai-je appris autre chose – et encore ! – que de la sèche analyse et un peu de grammaire ?

Il m'est arrivé – c'était mon devoir de pédagogue – de juger l'intelligence d'Anne. Si l'on met d'un côté de la balance ses notes, et de l'autre son intelligence, le résultat risque d'être faussé. À ce compte, on jugerait Anne d'une intelligence moyenne. Car Anne ne travaille vraiment que ce qui – vraiment – l'intéresse. Elle ignore, et risque d'ignorer longtemps, les savantes déductions mathématiques, les dédales obscurs de la grammaire espagnole et les subtilités des accords latins.

Car Anne – c'est elle tout entière – étudie autant avec son cœur qu'avec sa tête. Elle étudie surtout ce qu'elle aime – ou ce qu'enseigne le professeur qu'elle aime…

Qui pourrait du reste reprocher à une jeune fille de n'être d'abord qu'un paquet mal ficelé de sensations où l'émotivité impose sa loi ? Elles sont toutes pareilles, et Anne en est le prototype.

J'aime bien causer, « discuter » avec Anne. Parce qu'elle a beaucoup lu, et suffisamment réfléchi à d'autres choses qu'à des grammaires mortes. C'est la vie, avec un grand V, qui l'intéresse. Et j'ai découvert, peu à peu, son domaine intérieur, riche et encore à enrichir, dans lequel ont poussé bien des plantes nutritives mais qu'il faut élaguer comme une haie vive, ou soutenir, ou redresser, comme un jeune arbre qui doit s'appuyer sur un tuteur.

Son cœur est ardent et impétueux. Un jour, j'en ai eu la révélation. Je terminais une laborieuse classe de sixième quand un galop saccadé fit irruption dans la salle, et un flot de paroles véhémentes me suffoqua : les pommettes en feu, le regard ardent, ses longs bras gesticulant, Anne hurle :

— Mon père ! C'est pas juste ! Le professeur d'espagnol… Il nous a donné un devoir… Il n'a pas le droit… C'est pas le jour… On proteste ! Allez le trouver… Dites-lui que c'est pas juste… Que c'est…

C'est le pur-sang cabré sous la cravache, frémissant et piaffant.

Je courbe le dos sous l'avalanche. Il serait dangereux de boucher trop vite cette soupape par laquelle se soulage son âme indignée.

Le torrent un peu calmé, je réussis à endiguer cette fureur – légitime somme toute. Et tout finit par s'arranger. Mais je garderai la vision, nouvelle pour moi, d'Anne déguisée en furie mythologique!

Je l'ai remarqué d'autres fois par la suite. Anne est impétueuse dans ses affections comme dans ses inimitiés. Elle couvrira de fleurs ceux qu'elle aime, et aura parfois des mots durs – trop? – pour ceux qu'elle n'estime pas... au risque de se laisser aller à des gamineries qu'elle regrettera ensuite.

Mais j'aime ces révoltes ardentes contre l'injustice! Et je supplie le Seigneur qu'elle conserve toujours cette instinctive répulsion contre l'injustice et le mal.

Quatorze ans: c'est l'âge de l'amitié. De la découverte de l'amitié vraie. Anne cherche l'amitié avec ardeur. Et déjà, je sais qu'un tri se fait; une décantation s'opère, au prix de quelques désillusions, de quelques déceptions. Elle avait cru que «Machine» pouvait être une amie vraie, mais elle s'aperçoit que leurs âmes ne sont pas au même niveau... L'amitié veut des égaux. Anne veut bâtir sur du roc, non sur le sable...

Le charme le plus grand d'Anne (qui semble bien ignorer la coquetterie féminine!), c'est bien cette confiance qu'on lit dans ses yeux. Confiance exigeante envers ceux qu'elle aime, car il faut être attentif à ne pas la décevoir. Âme sans replis et sans détours, et pourtant compliquée, où les racines du bien voisinent – comme en chaque homme – avec celles du moins bien et du mal.

Je sais bien que ces courtes lignes sont incomplètes ! Qui pourrait en si peu de pages décrire un chef-d'œuvre du Seigneur ? Mais j'ai peut-être quand même livré l'essentiel.

Et moi je sais bien que je regretterai Anne, sœur Anne ! Mais quand elle partira, je ne dirai point, comme Cesbron qu'elle aime : « Adieu ! » mais : « Au revoir, enfant de mon cœur. »

Caracas, avril 1961

De retour à Paris, j'ai un peu tardé à ouvrir l'enveloppe du père Deau et j'ai laissé passer deux jours sous différents prétextes. Il me semble que j'ai eu besoin de m'immerger dans mon présent pour m'éloigner du passé qui avait soudain ressurgi avec tant de force. Mais aujourd'hui, la curiosité l'a emporté et allongée sur mon lit, dans mon petit appartement de la rue Vavin, je lis les quatre feuillets qui constituent cette « esquisse ». Et là aussi, bien sûr, les souvenirs reviennent.

Je reconnais la frappe de l'unique machine à écrire du collège, celle qu'il utilisait pour taper notre journal, *L'Écureuil.* Je revois nos salles de classe, les prêtres qui étaient nos autres professeurs. Je n'aimais pas celui qui nous enseignait l'espagnol et je crois que c'était réciproque. J'entends le galop saccadé de cette grande bringue qui vient d'avoir quatorze ans et ses hurlements indignés. Je la reconnais. L'esquisse du père Deau, toute subjective qu'elle soit, me semble juste. J'ai été cette jeune fille et elle est encore présente dans la femme que je suis devenue.

Le ton que d'autres pourraient juger naïf du père Deau ne me surprend pas, c'est celui qu'il a conservé et que j'ai retrouvé, si semblable, à Malagar. De même que l'affection qu'il a pour moi ou pour d'autres et qu'il ne cherche jamais à dissimuler. Dans la réponse que je vais lui faire, je pourrais écrire : « Comme vous n'avez pas changé ! »

La chatte avec qui je vis ronronne de bonheur contre moi. Pendant presque trois jours, je l'avais laissée et confiée à un couple d'amis, avec qui j'allais travailler sur un film, et qui étaient venus habiter chez moi durant mon absence.

Cette chatte angora, grise, avec d'immenses yeux verts comme soulignés au khôl qui la font ressembler à une star américaine du cinéma muet m'est très chère. Elle m'a suivie dans des tournées théâtrales, partageant avec moi diverses chambres d'hôtel. Elle est bien sûr venue à Malagar et s'y trouvait bien, oubliant en un instant les longs trajets en train, enfermée dans un panier : Paris-Bordeaux, puis la correspondance Bordeaux-Langon.

Quand il faisait trop chaud, elle allait dormir dans les fraîcheurs des chais où elle passait une partie de l'après-midi. En fin de journée, ma grand-mère me demandait de fermer tous les lourds volets du rez-de-chaussée. Je l'appelais. Elle revenait titubante, ivre des effluves de vin, exquise et comique.

— Tout ça, c'est fini, nous n'avons plus de maison, lui ai-je murmuré.

Elle en ronronne davantage, sensible aux seuls sons de ma voix.

Je reste avec l'envie d'évoquer le père Deau. Auprès de qui ?

Je vois peu mon frère. Il a sa vie, moi la mienne, elles ne concordent pas souvent. Cette situation changera à la mort de notre mère. Le chagrin que nous éprouverons nous rapprochera et nous liera très profondément.

C'est lui que j'appelle toutefois au téléphone. Je lui avais raconté comment le père Deau m'avait retrouvée grâce à une émission de France Inter et le rendez-vous que nous nous étions fixé, à Malagar. Cela l'avait beaucoup intéressé. Il reste plus attaché que moi à notre enfance et c'est de cela que nous parlons quand nous nous voyons. Quand il nous arrive de citer le nom du père Deau, il ne manque jamais d'affirmer que mon camarade de cinquième et moi étions de loin ses préférés, qu'il était « chastement amoureux de nous deux ».

Ayant écouté mon récit, il commente :

— Il devait être fou de bonheur de te voir !

Je rectifie :

— Mais moi aussi !

Il insiste :

— Ce n'est pas pareil. Tu te rappelles la trouille que tu lui as faite, quand il est passé nous dire au revoir avant de partir je ne sais où ?

Pas du tout, alors il me raconte.

Au mois de juillet 1966, sans permission aucune, j'avais ramené de Provence, où j'avais pris quelques jours de vacances chez une amie, une petite chienne, baptisée Nadja. Ma mère l'avait mal supporté et mes grands-parents en avaient fait un drame qui avait duré plusieurs mois.

Je l'interromps: bien sûr, je m'en souviens.

Je revenais de Montfrin où j'étais chez mon amie Nathalie pour faire avec elle la récolte des pêches, transformée par le bonheur d'aimer et d'être aimée. Il s'agissait de Jean-Luc Godard. En réponse à une courte lettre que je lui avais envoyée après avoir vu son dernier film, *Masculin féminin*, il m'avait rejointe. Un coup de théâtre qui s'était tout de suite transformé en coup de foudre, un conte de fées! C'était portée par ce bonheur que j'avais accepté ce chiot, refusant avec insouciance de penser aux problèmes que son arrivée ne manquerait pas de soulever.

Mais quel rapport avec le père Deau?

— Il est venu nous faire une visite et toi tu le cueilles en braillant, très excitée, «Mon père, mon père, je vais vous présenter mon bébé, ma petite fille», et tu cours chercher le chien qui était dans ta chambre. Pendant les quelques secondes où tu as disparu, il est devenu vert, littéralement vert! Il croyait que tu disais vrai, que tu avais eu un enfant, il était catastrophé! Et quand tu es revenue le petit chien dans tes bras et qu'il a compris son erreur, il a éclaté de rire sans pouvoir s'arrêter. Maman lui a même servi un verre d'eau pour l'aider à se calmer!

— Le père Deau rit beaucoup!

— Oui, je sais. Mais là, c'était un rire nerveux, avec des hoquets, il s'en étranglait presque, tellement tu lui avais fait peur!

Je raccroche, troublée. J'ai oublié cette histoire, c'est à peine si mon frère a réveillé un vague, un très vague souvenir. Ce dont je me souviens, c'est l'état d'euphorie dans lequel j'étais en juillet 1966, qui faisait que rien ne comptait hormis ce que j'étais en train de vivre. C'était donc à cette dernière entrevue que le père Deau faisait allusion lors de son premier appel téléphonique. Je suppose aujourd'hui que c'était tout juste si j'avais remarqué sa présence. Comme il avait dû en éprouver du chagrin ! À Malagar, pas une seule fois il ne m'en avait reparlé, pas une seule fois il n'avait exprimé le plus petit des reproches ou demandé des explications.

J'oublie le passé et reviens à mon présent.

Je continue à être sidérée que le comité de lecture des Éditions Gallimard ait décidé de publier mon recueil de nouvelles, sidérée d'être invitée à le présenter dans des FNAC et dans quelques petits Salons du livre, en province. Bien sûr, il y a peu de monde pour moi, je trouve cela normal, mais être considérée comme un écrivain parmi d'autres écrivains suffit à mon bonheur. Et puis je viens de commencer autre chose. J'ai déjà un titre, *Mon beau navire.* Ce sera la transcription sous forme de fiction de notre traversée à bord du transatlantique *Antilles* dont mon frère et moi ignorions que ce serait la dernière. Le hasard qui me fait retrouver le père Deau justement à ce moment-là m'enchante et me trouble : n'est-ce pas un bon signe ? Il était mon professeur de français, le premier qui m'avait encouragée à écrire, qui m'avait fait confiance. Vais-je lui confier ce projet ? Je l'ignore encore.

Ce qui est sûr, c'est que je ne lui parlerai pas d'une rencontre que je viens de faire et dont je pressens qu'elle sera très importante.

Toujours à cause de mon livre, mon chemin a croisé celui d'un homme que j'admire et dont j'ai compris, à quelques minuscules signes, que je ne lui déplaisais pas. Une sorte d'intuition tranquille me fait penser que nous allons faire un bout de route ensemble. Je n'ai pas peur, je ne suis pas pressée, publier un livre alors que lui fait partie de ce monde est un atout.

Parfois, je m'étonne que le père Deau ne me pose aucune question sur mon passé. S'il sait vaguement que je fus la femme d'un cinéaste célèbre et l'interprète de plusieurs films importants, il ignore la suite, ce désir de demeurer libre, indépendante, qui me fit tout reprendre de zéro. Apprendre mon métier d'actrice d'abord, travailler dans des conditions bien plus modestes avec des inconnus. Après avoir été trop tôt, trop vite, exposée dans la lumière, j'avais choisi l'ombre. Ne plus avoir d'argent en était une des conséquences, mais j'avais aimé cette lutte constante pour gagner ma vie. En ce moment, je sens qu'un important changement est en train de se produire, que je suis sur un autre chemin. Lequel? « On verra bien », comme dirait le père Deau.

Je ne m'étais pas trompée. Quelqu'un d'important est entré dans ma vie tandis que j'écris avec l'enthousiasme naïf des débutants un deuxième livre. Au début je songeais à faire une nouvelle. Mais un rendez-vous avec Antoine Gallimard qui vient de remplacer son père Claude à la tête des Éditions m'a fait changer d'avis. Il a suffi qu'il me dise : « J'espère que ce n'est pas une nouvelle de plus », pour que je lui réponde du tac au tac, avec naturel et sincérité : « Mais non, Antoine, c'est un roman ! » En sortant de son bureau, j'en étais convaincue. Souvent, au cours de ma vie, des événements importants se sont décidés ainsi, de façon presque anodine et sans réflexion préalable.

Mon beau navire fait partie de l'importante rentrée littéraire de septembre. Nous sommes en 1989, j'ai quarante-deux ans, et je suis en train de jouer au théâtre ce qui sera mon dernier spectacle même si je l'ignore encore. Pour l'instant je me refuse à choisir entre mon métier d'actrice et mes débuts d'écrivain. Cela viendra, mais pas tout de suite. L'homme que j'aime est attentif à ne pas m'influencer alors qu'il serait qualifié pour le faire. Il a une vingtaine d'années de plus que moi mais mes quarante-deux ans et mon déjà long passé nous mettent sur un pied d'égalité. Mes amis restent les mêmes, des gens de théâtre et de cinéma pour la plupart.

C'est tout naturellement que le père Deau revient dans mon paysage même s'il nous arrive de ne pas échanger de nouvelles pendant des semaines puis de nous écrire ou de nous parler au téléphone comme si on s'était vus la veille.

La lecture de mon premier roman ravive chez lui bien des souvenirs. Il avait fait aussi la traversée Le Havre-Caracas à bord du transatlantique *Antilles.* Bien sûr, il ne voyageait pas en première classe comme nous et jamais il n'aurait osé s'y aventurer. Mais il m'avoue s'être demandé parfois comment la vie se déroulait sur les ponts supérieurs et qui étaient ces femmes et ces enfants qu'il apercevait de loin lors des escales. Il supposait qu'il s'agissait d'épouses d'hommes en poste à l'étranger et ses rêveries s'arrêtaient là.

Lors d'un bref passage à Paris, en janvier 1990, il tient à visiter mon petit appartement de la rue Vavin qui lui plaît.

— C'est un appartement d'étudiante studieuse, commente-t-il en caressant la chatte qui pour une fois se laisse approcher par un inconnu.

J'en profite pour lui dire que si j'y vis seule, je ne le suis pas, qu'il y a quelqu'un, pas loin, de l'autre côté du jardin du Luxembourg, qui tient à moi autant que je tiens à lui. Il m'interrompt :

— N'en dites pas plus. Je vous sens heureuse, plus

apaisée que lors de nos retrouvailles à Malagar et cela me suffit.

Il demande comment vont mon frère et ma mère, me charge de messages affectueux à leur égard.

— Dites à Pierre que j'aimerais beaucoup le revoir et que je viens rarement à Paris. Alors, s'il passe à Bordeaux, qu'il m'avertisse et je me libérerai.

Sur le pas de la porte, au moment de nous séparer, il demande :

— Allez-vous continuer à écrire ?

— Oui.

Ma réponse est venue spontanément, c'est la première fois que je n'ajoute pas mes habituels « peut-être » ou « je ne sais pas ». Lui a un sourire triomphant :

— Je le savais ! Je l'ai toujours su !

Et avant de disparaître dans l'escalier :

— À bientôt, mon enfant de Dieu !

Je viens de prendre une importante décision, une décision d'adulte, et lui me parle comme si j'étais toujours l'adolescente dont il avait jadis tracé l'esquisse. Et s'il avait raison, et si je n'étais qu'une seule et même personne ? Sans savoir pourquoi cette idée me met de bonne humeur. Les cloches de l'église Saint-Sulpice sonnent les douze coups de midi, j'ai le temps de me remettre au travail. J'ai commencé le premier chapitre d'un hypothétique deuxième roman et ce début ne me convient pas. J'ai le sujet – la perte de Malagar – et mes trois héroïnes mais je sens, je sais, que ce n'est pas ça, que je suis en train de me fourvoyer.

— N'abandonne pas, termine ton premier chapitre. Ce n'est que comme ça que tu comprendras ce qui ne fonctionne pas et comment rectifier le tir, m'avait conseillé la veille mon ami, avec légèreté et sans plus s'attarder.

Parmi les amies qui me sont chères, il y en a une, Laurence, avec qui je viens de jouer deux pièces de Valère Novarina, *Le Drame de la vie* et *Vous qui habitez le temps.* La première dans l'émerveillement de participer enfin au festival d'Avignon, de faire partie d'une petite troupe soudée autour de son auteur metteur en scène, la seconde avec plus de difficultés. C'étaient pourtant à peu près les mêmes conditions mais sans le savoir, j'avais commencé à changer : en juin 1989 j'étais l'auteur d'un deuxième livre, *Mon beau navire,* qui devait sortir fin août. J'étais devenue plus critique envers le travail de Valère Novarina, moins souple. La mystérieuse mutation qui allait plus tard me faire renoncer à mon métier d'actrice avait pris racine, là, lors des répétitions, puis des représentations. Mais je l'ignorais. *Vous qui habitez le temps* était une pièce objectivement difficile, trop longue, avec des monologues ardus.

Quand Valère nous annonça notre engagement, Laurence était enceinte. Elle croyait ne pas pouvoir l'être et c'était pour elle une merveilleuse surprise, un immense bonheur. Jusque-là le théâtre avait été sa principale passion mais elle était prête à y renoncer. Valère, alors, la distribua dans un personnage qui n'intervenait qu'à la fin de la pièce, avec un monologue-fleuve comme nous en avions tous.

Elle nous rejoignit en Avignon, quelques jours avant la première, après avoir accouché d'une petite fille, Sarah. Elle était épuisée mais prit sa place parmi nous sans jamais se plaindre.

S'il fallait définir Laurence en un mot, je dirais : le courage.

Il lui en avait fallu beaucoup pour tenir bon, pour aller tous les soirs jusqu'au bout alors que la salle se vidait de ses spectateurs ; pour passer des nuits sans sommeil à cause du bébé qui supportait mal la chaleur torride d'Avignon. Son compagnon, le père de l'enfant, l'aidait du mieux qu'il pouvait et moi, la marraine, je ne pouvais rien d'autre que la plaindre et l'admirer. D'ailleurs, j'avais moi aussi mon monologue-fleuve qui me rongeait d'angoisse tant il avait été dur à mémoriser. Mais ce monologue ouvrait la pièce, donnait le ton, si les spectateurs étaient déconcentrés, ils ne s'en allaient pas encore.

Après le festival d'Avignon, il y eut le festival d'Automne, à Paris, et une petite tournée en province.

Quelque chose semblait préoccuper Laurence que je mettais sur le compte de la fatigue et sur celui de sa nature foncièrement inquiète. Elle s'en ouvrit à moi au début de l'année 1990.

Laurence souhaitait faire baptiser sa fille. Elle avait souvent des idées surprenantes que je trouvais poétiques et qui, selon moi, faisaient partie de son charme et de sa singularité. De nationalité suisse, elle avait été élevée dans la religion protestante de ses parents, puis dès l'adolescence avait cessé de croire en Dieu. Son compagnon, athée convaincu, refusait catégoriquement un baptême catholique pour sa fille. Finalement, lassé par son obstination, il s'était résigné à cette idée non sans un ironique : « De toutes les façons, tu ne trouveras jamais un prêtre qui acceptera de marcher dans cette combine. » Maintenant, elle faisait appel à moi pour résoudre cette situation. Après avoir ri et voyant qu'elle ne plaisantait pas, j'essayai de lui faire renoncer à ce projet qui me semblait, à moi aussi, absurde. Mais Laurence tenait bon : elle voulait que la petite Sarah soit baptisée avec pour seul argument un énigmatique : « C'est mieux pour elle. »

Ce n'est qu'après la visite du père Deau que je réalisai que, oui, en effet, je connaissais un prêtre. J'en parlai à Laurence qui me supplia de le contacter.

J'appelai le père Deau. Il commença par refuser tout net. Je plaidai longuement la cause de mon amie sans lui cacher les difficultés que pouvait représenter aux yeux de l'Église l'absence de religion des parents. J'allai même jusqu'à lui affirmer : « Vous le feriez pour moi, si je venais à vous avec mon bébé ! » Troublé par cet argument, il perdit un peu de son assurance. « Mais vous avez été élevée dans la religion catholique, vous ! Et même si vous avez perdu la foi, comme vous dites, j'espère que vous la retrouverez un jour, je prie régulièrement en ce sens et si je ne vous en parle jamais, c'est pour ne pas vous braquer ! » Puis avec une touchante spontanéité : « Et puis vous, c'est vous ! Il y a des choses que je ferais pour vous que je ne ferais pas pour d'autres ! Vous jouez sur du velours, là, c'est déloyal ! » Il se reprit. « Donnez-lui mon numéro de téléphone pour qu'elle vienne me voir à Bordeaux. Je ne peux rien décider sans la rencontrer et parler avec elle.

— Merci, mon père.

— Je n'ai pas dit oui.

Peu de jours après, Laurence prit un train tôt le matin pour se rendre à Bordeaux où le père Deau lui avait fixé rendez-vous. Elle devait revenir par celui du soir.

Cette nuit-là, je la passai chez mon ami, de l'autre côté du jardin du Luxembourg. De retour chez moi en début de matinée, je trouvai un message enthousiaste de Laurence sur le répondeur : le père Deau avait été « formidable », elle avait passé la journée avec lui à Malagar, tout s'était passé au mieux, il lui avait même donné un cadeau pour moi, elle passerait me voir vers 11 heures.

De fait, peu de temps s'écoula avant qu'elle n'apparaisse, même pas essoufflée par les six étages pourtant raides, brandissant tel un trophée une bouteille de vin enveloppée dans du papier journal. Elle rayonnait :

— Pour toi ! Du vin de Malagar, ton préféré, paraît-il. Quelle splendeur, ton Malagar !

— Ce n'est plus « mon » Malagar, tu le sais très bien !

Ce mouvement d'humeur venait de m'échapper et je m'en excusai aussitôt, sensible à l'air maintenant consterné de Laurence. Malagar, même si je n'en parlais plus que très rarement, demeurait un sujet douloureux. Sa perte était un des thèmes importants du livre que je souhaitais écrire et sur lequel je butais. Lors de nos retrouvailles, le père Deau et moi nous étions raconté mille choses, passant souvent du coq à l'âne. Je lui avais confié mon goût pour le vin blanc de Malagar, un liquoreux sûrement quelconque mais que je considérais digne d'un sauternes. Qu'il se soit souvenu de ce détail me toucha. Je souris à Laurence qui s'était tue et qui guettait, inquiète, d'autres changements d'humeur.

— Raconte.

Elle raconta, volubile, excitée, tout à coup follement confiante en l'avenir : du pur Laurence ! Mais elle avait eu gain de cause et sa petite Sarah serait baptisée.

— Il ne m'a même pas demandé de me convertir à la religion catholique ! Quel homme incroyable, tellement ouvert, tellement bienveillant ! Et que je sois ton amie compte beaucoup, c'était la meilleure des références. Si tu avais entendu avec quelle affection il parle de toi, de l'enfant que tu étais et de la femme que tu es devenue !

Le vendredi 9 février 1990, nous sommes en route pour Bordeaux, excitées comme deux adolescentes qui partent vers l'aventure. La petite Sarah, à qui sa mère vient de donner un biberon, s'est endormie dans son couffin. Dehors, il fait nuit mais la pleine lune suffirait presque à éclairer le compartiment. Nous y sommes seules et cela nous autorise à dire n'importe quoi. Laurence irradie de joie et son bonheur est communicatif. Je suis heureuse d'avoir pu contribuer à réaliser son souhait et me réjouis à l'idée de retrouver le père Deau. Il doit s'entretenir en tête à tête avec Laurence le matin, puis nous irons déjeuner chez lui, rue Calvé, dans le logement qu'il partage avec deux autres prêtres. Le baptême aura lieu l'après-midi, un couple de ses amis a accepté d'être témoin.

J'ai réservé deux chambres à l'hôtel Normandie que m'a fait connaître mon oncle Claude Mauriac. J'ai cessé de lui en vouloir à propos de Malagar, l'affection que j'ai pour lui a été la plus forte. Nous aimons déjeuner ensemble, il m'écrit à toute vitesse des pièces de théâtre qui ne se monteront, hélas, jamais.

C'est l'heure du dîner. Je vais acheter des sandwiches et une bouteille de vin. L'absence d'autres voyageurs dans notre compartiment nous autorise à la vider sans vergogne. Les gobelets en carton ne nous gênent pas et nous trinquons à chaque fois que nous les remplissons. Une légère ivresse nous gagne et notre bonne humeur devient de l'euphorie. L'énorme lune, dans le ciel, paraît nous approuver.

De ma chambre, au dernier étage de l'hôtel Normandie, je surplombe la place des Quinconces et le monument aux Girondins. Je repense à mon oncle Claude et à son amour pour Madame Roland, Manon, comme il s'autorise parfois à dire quand il se laisse aller à l'attendrissement. C'est un amour inconditionnel qui remonte à l'enfance et qui ne l'a jamais quitté. Il évoque sa mort sur l'échafaud avec indignation et s'emporte contre la Terreur, contre Robespierre, alors qu'il est un fervent partisan de la Révolution française. Sur la colonne des Girondins est gravé le nom de l'ami le plus cher de Madame Roland : François Buzot. « Son amant », pensent et affirment certains de ses admirateurs. Je leur donne raison et même, je l'espère. « C'est faux, s'indigne Claude. Jamais Manon n'aurait trompé son mari ! »

L'hiver me paraît doux à Bordeaux. Il est vrai que je me sens momentanément apaisée car je crois avoir compris où résidait le problème du premier chapitre de mon futur roman. L'ayant terminé comme on me l'avait conseillé, je l'ai relu et tout de suite j'ai vu que c'était le lieu qu'il fallait changer. Parce qu'il s'agit de la perte douloureuse d'une maison d'enfance, j'avais choisi de dépeindre Malagar, ses vignes, le Calvaire de Verdelais, ce qu'avait fait bien avant moi – et avec tellement plus de talent ! – François Mauriac. Après avoir quelque peu hésité, j'ai opté pour la Bretagne que je connais mal et qu'il me faut maintenant inventer. Ce matin, j'avais repris dans ce sens le début et tout m'avait semblé aller de soi. Mes deux héroïnes reprenaient vie en attendant que la troisième entre en scène dans le chapitre suivant. Imaginer un paysage complètement différent de celui de Malagar tout en conservant l'essentiel de l'intérieur de la vraie maison devenait excitant. Pour le personnage d'Annie, je m'inspirais directement de Laurence. Elle le savait et cela ne la troublait pas : elle aussi avait confiance en moi. Je pressentais aussi que vers la fin mon oncle Claude apparaîtrait sous les traits de l'oncle Gaétan mais à lui, je n'avais rien dit. Et puis, je n'étais qu'au début de ce deuxième roman. Mais ce soir, à Bordeaux, je considérais son avenir avec un délicieux optimisme.

À l'heure du déjeuner, je rejoins comme prévu Laurence et le bébé, rue Calvé. Le père Deau s'affaire dans la cuisine. Son étreinte est chaleureuse, j'ai droit à un baiser sonore sur chaque joue : c'est devenu un rituel et cela le restera par la suite. Lui et Laurence sont de très bonne humeur, ils s'apostrophent d'une pièce à l'autre, tandis que le bébé réveillé gazouille dans le couffin. Nous sommes dans ce que je crois être une salle de séjour, modestement meublée mais confortable. Les deux autres prêtres se sont absentés. J'ai entrevu un escalier qui monte à l'étage où, je suppose, se trouvent leurs chambres. À quoi ressemble celle du père Deau ?

Je pense une seconde à lui demander l'autorisation de la visiter. Mais quelque chose m'en empêche, le sentiment que sa vie entière est vouée aux autres et que sa chambre doit être son seul coin d'intimité. Et puis cette chambre doit lui ressembler : simple et lisse.

Je suis distraite de ma rêverie par la façon malicieuse avec laquelle il ouvre une bouteille de Malagar « en notre honneur » et me désigne une autre, enveloppée dans du papier journal, que je dois emporter à Paris, « en souvenir de cette journée ». Toujours aussi bavard, il nous raconte en détail la visite qu'il a organisée à Malagar pour un groupe de jeunes dont il s'occupe :

— Ils ont eu droit à une évocation détaillée de la vie de François Mauriac et à une descente dans la basilique de Verdelais. Mais au passage j'ai marqué un arrêt pour leur faire respirer le parfum de votre fenouil sauvage.

Laurence et moi l'écoutons en silence, l'une et l'autre maintenant intimidées par l'approche de la cérémonie. Nous n'arrivons pas à finir nos assiettes tant le repas confectionné par le père Deau est copieux : d'énormes côtelettes de porc, des pommes de terre sautées, une salade et une tarte aux pommes.

— Mangez, mangez, insiste-t-il comme s'il nous soupçonnait de mal nous nourrir à Paris.

Au moment du café son ton change. Il nous rappelle que le baptême est un sacrement qui engage.

— Je ne vous demande pas de devenir croyantes et encore moins de feindre de l'être pour cette petite fille qui va rentrer tout à l'heure dans la communauté chrétienne.

Il se tourne vers moi qui termine la bouteille de Malagar.

— Je vous demande à vous, Anne, la marraine, si vous êtes tentée à nouveau de croire en Dieu, de ne pas le refuser, d'être disponible à son appel. Votre engagement envers votre filleule consiste à lui transmettre ce que vous éprouvez, voire à la diriger vers un prêtre pour qu'il puisse faire son éducation religieuse, la guider. Sur le plan pratique cela veut aussi dire que si par malheur il arrivait que ses parents viennent à disparaître, vous devrez vous occuper de Sarah et en prendre soin comme si elle était votre propre fille.

Je murmure un oui à peine audible, surprise de me découvrir soudain si émue. Il se tourne vers Laurence :

— Vous, la maman, celle qui va vivre et voir grandir Sarah, je ne peux que répéter ce que je viens de dire à Anne en ajoutant ceci : si votre fille marque soudain un début d'intérêt pour la religion catholique, respectez-le et engagez le père, dont je n'ai pas oublié qu'il est athée, à faire de même. Laissez à Sarah son libre arbitre et dirigez-la vers un prêtre. N'hésitez pas une seconde à m'appeler si vous avez besoin d'un conseil ou tout bêtement de m'ouvrir votre cœur, mieux, envoyez-moi Sarah. De toutes les façons, je me sens maintenant, moi aussi, responsable d'elle.

Il se lève, un grand sourire l'éclaire.

— Fin du sermon, allons-y.

Dans l'église, nous retrouvons le jeune couple dont il nous a parlé et qu'il embrasse. Les présentations sont rapides et amicales. Ils sont beaucoup plus à leur aise que

Laurence et moi, de plus en plus intimidées par l'aspect solennel du lieu. Le père Deau ne perd pas de temps et la cérémonie commence. Dans son couffin, le bébé se met à pleurer. Laurence s'en émeut aussitôt, la prend dans ses bras et la berce. Elle lui chuchote des mots d'amour, la supplie de se calmer. Rien n'y fait. Le contraste est étonnant entre la ferveur et la concentration du père Deau et de ses amis et cette colère soudaine de la petite Sarah. Je n'ai pas assisté à un baptême depuis fort longtemps mais j'en ai gardé le souvenir de familles réunies autour du prêtre et de paroles en latin. Là, nous ne sommes que cinq et le père Deau s'exprime en français. J'ai le sentiment d'assister à une cérémonie secrète comme aux premiers temps du christianisme et sursaute en entendant la jeune femme demander à Laurence de me tendre le bébé. J'obéis et la prends maladroitement contre moi. Elle pleure de plus belle tandis que le père Deau, toujours avec ferveur, me rappelle mes devoirs envers « ma filleule ». Il est habité par sa foi en Dieu et je reconnais le prêtre de mon enfance, son recueillement profond lorsqu'il célébrait la messe. C'est presque un autre homme que celui avec qui nous venons de déjeuner mais tout aussi sincère, peut-être plus émouvant encore.

Le bébé s'agite et je ne sais comment m'y prendre, comment la tenir. Je devine que Laurence a peur que je ne la laisse tomber. Quand le père Deau lui verse de l'eau bénite sur le visage, ce ne sont plus des cris mais des hurlements stridents et Laurence ne peut retenir un cri d'effroi.

— Vous pouvez la rendre à sa mère, me dit la jeune femme.

Elle laisse le père Deau prononcer quelques paroles et lorsqu'il enlève l'étole posée sur ses épaules :

— La cérémonie est terminée.

Dans la sacristie où il nous a fait signe de le suivre, le père Deau redevient l'homme que je connais, joyeux et rieur. Il a pris à son tour le bébé dans ses bras et avec des gestes précis le berce et lui parle. Sarah continue de hurler, se débat maintenant avec une énergie inouïe pour un si petit corps. Laurence ne cesse de s'excuser, au bord des larmes. Le père Deau et ses amis la rassurent : tous les bébés se conduisent ainsi, aucun ne supporte d'être aspergé d'eau, fût-elle bénite. La jeune femme à son tour la prend et la berce. La petite Sarah commence à se calmer.

— Nous en avons deux, j'ai l'habitude.

Son mari a sorti de leur cabas une bouteille de champagne et cinq flûtes en plastique.

— Trinquons à l'avenir de cette enfant, propose le père Deau.

Et se tournant vers moi :

— Quant à vous, ma petite Anne, maintenant que vous voilà marraine officielle, il faudra apprendre comment vous comporter avec un bébé. J'avais beau être concentré sur mon rôle de prêtre, j'ai vu que vous ne savez pas du tout, mais pas du tout, y faire !

Ce deuxième roman que j'écrivais alors sort en septembre 1991. Après beaucoup de doutes et d'hésitations, il s'appelle *Marimé*. J'y ai travaillé seule, puis je l'ai repris en secret avec l'homme que j'aime et de façon officielle avec Roger Grenier. J'admire leur vie, leur talent, et qu'ils soient fiers de moi me rassure. Autre source de satisfaction : les critiques sont bonnes et les lecteurs nombreux.

Il en est tout autrement avec ma famille qui m'en veut en bloc d'oser parler de Malagar. Claude est outré par le personnage qu'il m'a inspiré. Sa fille, ma cousine préférée, s'énerve : « Tu as voulu tirer sur papa, le tuer ! — Mais non, c'est un roman, une fiction. C'est le personnage, Catherine, qui veut tirer sur son oncle, pas moi ! Et puis, elle n'a jamais voulu le tuer ! — C'est pareil ! » Violente brouille qui, heureusement, ne durera pas au-delà de quelques mois. Je suis perplexe et n'ai pas fini de l'être avec les livres suivants qui m'attireront à chaque fois les foudres familiales. Roger Grenier s'amuse de plus en plus et régale Gallimard avec mes histoires.

La palme de l'absurdité revient à ma mère.

Sous l'influence de son frère cadet, mon oncle Jean, qu'elle adore et qui le lui rend bien, elle déteste le livre. Lors d'un coup de téléphone, elle m'assène cet argument définitif: «Jean vient de me dire qu'il a toujours pensé que toi et ces amis que tu reçois depuis la mort de ta grand-mère vidiez tous les grands crus de la cave.»

Elle raccroche, je la rappelle: il n'y a jamais eu de cave à Malagar où on ne boit que le vin de la propriété, ni de grands crus, cela va de soi. Ceux dont je cite les noms prestigieux sont des vins que j'aimerais goûter mais, hélas, ce n'est pas à l'ordre du jour.

Lors de mon précédent roman, *Mon beau navire,* sa réaction m'avait tout autant déconcertée.

J'y racontais de façon indirecte l'histoire d'une femme qui, sous prétexte de vacances en France, arrache ses deux enfants à leur père. Elle seule sait que cette traversée sera la dernière et qu'il n'y aura pas de retour au Venezuela. La petite fille l'apprendra de sa bouche à la fin du livre.

J'étais consciente de parler très précisément de notre histoire et m'attendais à un dramatique affrontement entre nous comme celui que filme Bergman dans *Sonate d'automne.* Mon frère, qui avait tout compris et chez qui la lecture du livre avait ravivé une ancienne et inconsolable blessure, pensait comme moi.

Mais notre mère fut enchantée et n'y vit que l'hommage, par ailleurs réel, que je rendais à la séduisante, irrésistible, jeune femme qu'elle avait été jadis. Elle revivait grâce à mon livre ces traversées à bord de l'*Antilles* que nous aimions tant, ne cessait de me remercier, offrait mon roman à tous ses amis. «Tu te rends compte, me disait-elle fièrement, on me demande tout le temps si j'ai couché avec le capitaine ! » Ma mère aura toujours été une femme imprévisible.

Et le père Deau ?

Il est impressionné et il l'exprime avec naïveté : « Vous nous introduisez dans l'univers intime des femmes que je connais mal. Les deux premières, Catherine et Annie, sont vulnérables, perdues, encore enfantines et la seule qui est équilibrée, Florence, qui a une famille harmonieuse, qui incarne la joie de vivre et s'inquiète comme moi des deux autres, vous la sacrifiez. Sa mort m'a surpris et fait de la peine. Je me demande quelle est la blessure secrète qui la pousse à se donner la mort et de quelle part tout aussi secrète de vous-même vous l'avez tirée. » Il n'évoque pas Malagar, il sait.

Comme chaque automne, le Salon du livre de Bordeaux a lieu après les vendanges, dans les entrepôts, sur les quais. C'est la première fois que j'y participe et cela me plaît beaucoup. L'ambiance du groupe d'auteurs Gallimard est joyeuse sous la houlette de notre chef et attaché de presse, Pepito. Né à Bordeaux, il adore sa ville où vivent ses parents. Cet amour commun nous rapproche encore plus. D'ailleurs quand le train a traversé la Garonne sur le pont métallique, nous avons imposé le silence à tout le compartiment pour mieux savourer « sa musique ». Aujourd'hui, hélas, les TGV ne l'utilisent plus.

C'est la librairie Mollat que j'ai connue enfant avec mon grand-père qui nous reçoit sur son stand. Il y a beaucoup de passage, nous signons nos livres et bavardons avec nos lecteurs et entre nous. Vers 5 heures, un responsable de la librairie débouche de délicieux vins de Bordeaux que nous dégustons sans modération. L'ambiance déjà joyeuse monte d'un cran.

— Eh bien, vous ne vous embêtez pas !

Le père Deau vient de surgir devant moi, hilare. Il ne m'avait pas prévenue de sa visite et je lui saute au cou.

— J'étais son professeur de français et de latin, au Venezuela, dit-il à la cantonade.

Je le présente à mes compagnons, il serre toutes les mains qui se tendent, accepte volontiers un premier verre de vin, puis un autre. Il est chaleureux et suscite immédiatement la sympathie. Il est intarissable aussi, sur mon enfance, ma scolarité, la vie quotidienne à Caracas. Est-ce le vin ? Il lui arrive de se répéter :

— Imaginez un peu, je quitte en sixième une enfant et à la rentrée je retrouve une grande bringue et maintenant, elle a toujours cette même taille et moi je rapetisse ! À côté d'elle, je me sens un nain de jardin avec une barbe de père Noël !

Rires. Je le contemple attendrie et le vois tout à coup tel qu'il se dépeint avec sa petite taille, ses rondeurs et ses cheveux blancs. Je ris avec les autres, contente de le voir si à l'aise parmi nous.

— Père Deau, un autre verre ? propose Pepito qui me dira plus tard : « Il est craquant ! »

— Non, non, je suis déjà un peu pompette. Mais appelez-moi Marcel, jeune homme.

— Pas question, pour Anne, vous êtes le père Deau, donc vous l'êtes aussi pour nous !

Il reviendra nous voir à la sortie de chacun de mes futurs livres.

J'ai conscience de vivre une année heureuse. J'ai la

confiance et l'amitié de ceux qui m'entourent, une relation amoureuse qui m'équilibre auprès de l'homme que j'aime et que je vais retrouver à mon retour à Paris. Parfois, j'ai la sensation fugitive que le père Deau me porte bonheur.

Mon frère Pierre au téléphone.

— Maman est morte !

Je ne comprends pas ou ne veux pas comprendre. Il répète en criant presque :

— Maman est morte !

Je crie à mon tour.

Elle est sortie la veille de l'hôpital psychiatrique où elle était soignée, reposée, de bonne humeur. Mon frère est aussitôt passé la voir avec un bouquet de fleurs. Nous étions convenus de déjeuner ensemble aujourd'hui même mais une grève générale paralyse Paris, ce mercredi 18 novembre 1992. Il y a de cela une heure à peine, je l'avais appelée et nous avons remis notre rendez-vous au lendemain. Elle m'a semblé heureuse d'être de retour dans son petit appartement de la porte de Saint-Cloud.

C'est sa sœur Luce qui habite à côté qui l'a trouvée, gisant morte, à la suite d'une crise cardiaque, la seule de sa vie. Le médecin appelé en urgence assure qu'elle n'a pas souffert, qu'elle n'a rien senti. Au milieu d'un tel cataclysme, j'éprouve tout de même un soulagement :

elle avait tellement peur de la mort, du vieillissement, de la maladie, elle en parlait tout le temps au point de nous exaspérer parfois mon frère et moi. Ce sentiment de soulagement ne me quittera pas et me fera dire, les premières ondes de choc passées : « Elle s'en est allée avec une élégance rare. »

Perdre son père ou sa mère crée un avant et un après. Il allait falloir vivre l'après. Mon frère et moi nous considérons comme deux orphelins et nous rapprochons l'un de l'autre. Au cours de longs après-midi nous trions, rangeons, jetons, souvent émus de ce que nous découvrons d'elle, de tous ces lambeaux de vie qui remontent soudain à la surface. Son appartement est mis en vente mais nous ne sommes pas pressés de le quitter. Tant que nous sommes là, elle y est encore un peu. Nous nous apprivoisons et c'est doux de se retrouver, de se savoir frère et sœur. D'ailleurs, comme au temps de la petite enfance, je pense maintenant « nous ».

Le matin je travaille à la fin de mon troisième roman. Il n'a pas encore de titre. C'est un chant d'amour envers le théâtre. Plus tard je comprendrai que c'est un chant d'adieu, que c'est pour cette raison que j'ai souhaité l'écrire et que ma vie d'actrice est terminée. L'homme qui habite de l'autre côté du jardin du Luxembourg et auprès de qui je passe le meilleur de mon temps me soutient toujours. Il m'aide même à rédiger la tirade enflammée d'un des personnages et cette collaboration complice nous amuse. Mais quelque chose a changé. Nous sommes moins amoureux l'un de l'autre, une lassitude des corps, peut-être. Il commence à regarder une jeune femme à qui il apparaît comme une sorte de dieu, ce qui le flatte. J'entrevois la possibilité d'une rupture prochaine et je me sens triste, comme résignée. Mais de mon côté, je me sens vite attirée par un autre homme. Petit à petit, il m'apprivoise et prend de plus en plus de place dans ma vie quotidienne.

Des meubles et des bibelots de maman s'accumulent rue Vavin où il n'y a plus du tout de place. Il me faut déménager et je mets l'appartement en vente. Mon frère et moi avons découvert avec surprise que maman avait de l'argent sur son compte alors qu'elle disait ne pas en avoir. Deux ans auparavant je lui avais demandé de m'en prêter pour m'acheter un appartement plus grand avec un ascenseur et elle me l'avait refusé. Pierre, penaud, m'avoue :

— Elle m'en avait parlé et je lui avais fortement déconseillé de te dire oui. J'étais même en colère contre toi d'oser lui demander de l'argent alors qu'elle n'en avait pas et que cela l'angoissait beaucoup. Elle nous a bien eus !

Cela nous fait rire. Notre mère était généreuse, nous le savions, sans doute croyait-elle en ce qu'elle disait. Nous voilà donc des héritiers, je lui en suis tendrement reconnaissante et me mets à chercher un nouvel appartement.

Le père Deau m'avait écrit une lettre pleine de tact où il évoquait ma mère et « la paix qu'elle avait enfin trouvée ». Il n'avait pas profité de ce deuil pour tenter de ranimer ma foi chrétienne, « il ne plaidait pas pour sa chapelle », précisait-il. Il s'inquiétait pour moi, espérait que mon chagrin s'atténuerait. Pour le rassurer, je lui racontai que, grâce à ce qu'elle nous avait laissé, je pourrais déménager. Je ne lui parlai pas du trouble que provoquaient en moi le fait d'à nouveau m'éprendre d'un homme et la volonté de cet homme de vivre avec moi. Une volonté si tenace qu'elle commence à ébranler cette conviction que vivre à deux m'enlèverait mon indépendance si chèrement acquise.

Mais je ne pus pas longtemps garder secrète mon histoire, mentir à l'homme que j'allais quitter et que je respectais. La séparation fut douloureuse. Recommencer une vie nouvelle avec quelqu'un à mes côtés m'affolait et me grisait tout en même temps. Ces sentiments contradictoires, la fin de mon livre et la recherche d'un appartement m'occupaient.

Mon livre appelé *Canines* sortit en septembre 1993. À Bordeaux, le père Deau revint me voir et je lui demandai de prendre un café seul avec moi, ce qu'il accepta volontiers. C'est ainsi que je pus lui raconter la décision enfin prise de vivre avec ce nouvel homme, l'appartement que nous avions trouvé et que j'allais acheter, rue de Martignac. Il s'en réjouit. Il ne me l'avait encore jamais dit, mais il pensait que j'avais besoin d'être protégée, moins seule.

— Je suis sûr que vous avez choisi la bonne personne et j'ai hâte de le rencontrer, me dit-il.

Sa confiance en moi était sans limites.

Cette rencontre n'eut jamais lieu.

Un an après, en novembre 1994, mon compagnon choisit de se donner la mort. Avec sa disparition, tout s'écroulait. Je restai des semaines terrée dans mon nouvel appartement, hantée par l'envie d'en finir, moi aussi. Plus rien n'avait de sens. Quelques amis, mon frère et sa femme m'entouraient, créant un cercle protecteur entre le monde et moi. Un jour que je murmurais :

— Comment vais-je faire pour vivre ?

Mon amie et éditrice Teresa me répondit avec douceur :

— Ce que tu as toujours fait, travailler.

Une autre année passa dans une sorte de brouillard. Les journées qui s'écoulaient se ressemblaient toutes, je remarquais à peine le passage des saisons. Les seuls moments où je me sentais à nouveau vivante, c'était quand j'écrivais. Le reste du temps, avec mes proches, je faisais semblant.

Quand le malheur s'était abattu sur moi, j'avais commencé un récit intitulé *Hymne à l'amour* qui racontait le testament bouleversant écrit par notre père. Mon frère et moi l'avions trouvé dans le fouillis des papiers de notre mère. Notre père assurait à sa femme et à ses enfants son profond amour. Il demandait aussi qu'on fasse parvenir à une autre femme quelques modestes objets personnels : des boutons de manchette en or qu'elle lui avait offerts, sa montre, une mèche de ses cheveux et le disque d'Édith Piaf *Hymne à l'amour*. Il donnait son nom et son adresse, à Genève. J'avais aussitôt eu la conviction que sa demande n'avait pas été respectée et j'appelai mon oncle Jean. Il me l'avait confirmé et comme j'en bafouillais d'indignation :

— Ma pauvre Anne, qu'est-ce que tu crois ? À quoi tu rêves ? Les testaments sont faits pour ne pas être respectés... Tout le monde sait ça !

Devant un tel cynisme, j'en bafouillais davantage et lui, excédé :

— Si tu essaies de me culpabiliser, je peux t'assurer tout de suite que tu t'y casseras les dents. Personne au monde ne peut me culpabiliser. Et si tu veux savoir le fond de ma pensée, eh bien je m'en fiche de ton père et de son testament.

J'avais alors écrit à cette dame inconnue, elle m'avait répondu et nous avions d'un commun accord décidé de nous retrouver à Genève, chez elle, dans cet appartement qu'avait indiqué mon père, où elle vivait toujours.

Mon nouveau livre, celui qui va sortir, se compose de trois histoires : celle du testament retrouvé, celle de ma rencontre avec l'inconnue que j'appelle Maud. Entre ce début et cette fin se glisse la tragique histoire de Madeleine, une jeune femme qui s'était occupée de mon frère et moi enfants, que nous avions adorée et qui nous avait donné tout son amour.

De se retrouver dans mon livre rend mon oncle Jean fou furieux. Il m'injurie au téléphone, prétend n'avoir jamais prononcé ces mots, m'accuse de mentir et de salir de façon honteuse sa sœur, ma mère. Il débarque aux Éditions Gallimard, réclame à cor et à cri Antoine pour exiger le retrait de mon livre. Les personnes présentes font barrage et lui demandent poliment de s'en aller et d'arrêter « ce scandale ».

— Ça ne se passera pas comme ça ! hurle mon oncle en brandissant le poing.

De n'avoir pas été reçu l'enrage encore plus. Il m'écrit une lettre infâme et en envoie la copie à tous ceux qui ont un certain pouvoir dans le monde littéraire. Cette lettre fit un grand effet mais pas celui qu'il espérait : partout on s'empresse de me défendre. Des critiques littéraires fameux comme François Nourissier avancent la parution de leurs articles, Bernard Pivot m'invite à son émission de télévision, *Bouillon de culture*, la presse de province suit. Chez Gallimard on s'amuse :

— Qui aurait pu imaginer que ton oncle se révélerait un si merveilleux attaché de presse ?

Mais j'ai du mal à en rire.

Mon livre a blessé profondément mon frère, lui a fait revivre les moments les plus cruels de notre enfance. Il juge indécente la façon dont je parle de nos parents, de notre mère surtout. Il s'indigne que je sois allée retrouver la femme inconnue de Genève. Il m'en voudra longtemps d'avoir osé faire un livre avec notre vie privée.

Mon autre oncle, Claude, celui que j'aime, partage son indignation. C'est plus grave parce qu'il se meurt, qu'il le sait, que je le sais aussi. Malgré sa faiblesse, il me téléphone :

— Tu es un écrivain, tu m'en donnes la preuve avec le récit sur Madeleine. Quant au reste, je ne vois que le détestable portrait que tu fais de ta mère. Les compliments que j'entends partout à ton sujet me sont odieux. Je ne te le pardonnerai jamais.

Ce sont ses dernières paroles car il meurt peu après.

Il me faut continuer, aller de l'avant, rencontrer les libraires et les lecteurs. Auprès d'eux, la plupart du temps, je vois à quel point la lecture de mon livre les a émus. Ils en aiment les personnages, celui de ma mère surtout. J'en oublie un peu ma famille.

Le passage à Bordeaux, le 2 avril 1996, m'angoisse. Beaucoup des parents de François Mauriac s'y trouvent, qui ont passé leurs vacances d'été, enfants puis adolescents, avec leurs cousins de Paris. J'en connais certains, dont une tante cousine que mon oncle Jean retrouve chaque été sur le bassin d'Arcachon. Ils s'adorent, elle est très sympathique et la fidélité aux liens de leur enfance me touche.

Pepito, heureusement, m'accompagne. Il sait mes craintes, les minimise. Il a la politesse de toujours paraître s'amuser et de dissimuler ses propres appréhensions. Avant de rejoindre la librairie Mollat où a lieu la rencontre, nous allons déjeuner au Noailles, notre brasserie préférée. Une table a été retenue. De retrouver cet endroit me rappelle Claude Mauriac, pour qui s'y rendre faisait partie d'un rite incontournable et qui me l'a fait aimer. Pepito y venait souvent quand il était étudiant.

— Deux femmes ont les yeux fixés sur toi, me dit-il.

Je me détourne. À l'autre bout de la banquette, elles me fixent sans se gêner. L'une d'elles est une tante cousine que j'aime bien, la seule que je connaisse d'ailleurs, et je me lève aussitôt pour aller l'embrasser.

Mais elle se recule et avant que je puisse prononcer un mot :

— Jean m'a fait parvenir la photocopie de la lettre qu'il t'a envoyée et m'a longuement parlé de ton livre : c'est horrible que tu aies fait ça à ta famille, à lui, à ta mère.

— Mais tu l'as lu, mon livre ?

— Non, et je ne le lirai jamais et je ne viendrai pas t'écouter non plus.

Paralysée d'effroi, je sens mes mains qui commencent à trembler. Je la contemple sans bien comprendre que la jolie femme qui a repris sa conversation avec son amie est la même que celle qui vient de me parler. Un début d'impatience la saisit. Sans me regarder, me tournant le dos, elle me congédie d'un ton sec :

— Qu'est-ce que tu fais encore là ? Ta place n'est pas au Noailles, pas à Bordeaux.

L'air inquiet de Pepito me fait lui raconter ce qui vient de se passer.

— Allons-nous-en, lui dis-je d'une toute petite voix.

Je dois être très pâle, lui est blanc de rage.

— Et puis quoi encore ?

Il m'engage à me rasseoir, parvient à se calmer et même à nous faire rire. Nous terminons notre repas assez gaiement. Quelques pas dehors, le long des allées de Tourny, dans une brume légère qui sent déjà le printemps, nous font momentanément oublier l'incident.

Une vitrine entière est consacrée à mes livres. L'attachée de presse est ravie.

— La salle est pleine, dit-elle.

Nous montons trois étages de l'immeuble voisin et, une fois dans l'appartement, je constate qu'elle a raison et à nouveau, j'ai peur. Mais je vois, installé au premier rang, le père Deau qui me voit aussi et qui m'adresse un lumineux sourire. J'ignorais sa présence, elle m'apaise.

— Tout va bien se passer, me souffle Pepito.

Le professeur d'université qui doit dialoguer avec moi

réclame un verre de whisky. Il a l'air de quelqu'un d'arrogant, voire de méprisant. Pas de moi en particulier, mais de la terre entière.

— Vous n'êtes pas la bienvenue à Bordeaux, à ce que je crois comprendre. Mais j'aime votre livre.

Il me tend un autre verre de whisky :

— Ça vous fera du bien.

Nous buvons.

— Allons-y, dit-il en me poussant dans la salle.

Une estrade, une table, deux chaises et deux micros qui ne marchent pas. « On parlera plus fort », dis-je en retrouvant mes réflexes d'actrice.

Ses questions sont intelligentes, parfois un peu agressives comme s'il ne pouvait pas s'en empêcher. Je lui réponds du tac au tac, histoire de lui montrer que moi aussi, je peux mener le jeu. Il apprécie. De ce jour-là naîtra une amitié qui dure encore aujourd'hui.

Le public demeure impassible. Seuls le père Deau et Pepito, à demi dissimulé dans l'embrasure d'une porte, sourient à certains de nos échanges. Quand vient le moment de leur donner la parole, je les sens se raidir. Puis quelques-uns se décident.

Dans la ville natale de François Mauriac, c'est de François Mauriac qu'on parle. Cela semble détendre l'atmosphère. Des femmes lèvent le doigt. Elles n'ont pas lu mon livre mais se disent choquées par ce qu'on leur en a dit. Parler de l'amant de ma mère et de la maîtresse de mon père, cela ne se fait pas. Le père Deau, sur sa chaise, s'agite. Il se retient d'intervenir, se contente de poser des questions d'ordre littéraire. Que je l'appelle « mon père » impressionne la salle. J'ai donc un prêtre pour allié ? Mais on les sent toujours aussi méfiants à mon égard. Une question de plus sur le comportement « immoral » de mes parents le fait soudain exploser. Il se lève et fait face à la salle.

— Ce livre est d'une grande pudeur. Il est plein d'amour et de larmes. D'amour pour ses parents décédés qu'elle ne juge jamais. Les larmes dont je parle sont contenues. L'auteur ne s'apitoie ni sur elle, ni sur eux, ce qui le rend particulièrement émouvant pour ses lecteurs.

Un brouhaha agite la salle. Ils sont surpris. Certains s'obstinent à se dire choqués par un livre qu'ils n'ont pas lu et d'autres avouent qu'ils l'ont aimé, même s'ils n'osaient pas le dire d'emblée. Le père Deau continue à le défendre. Il évoque nos lointaines années à Caracas, ma mère qu'il appréciait tant. L'heure prévue pour cette rencontre est dépassée depuis longtemps et une libraire nous annonce qu'il nous faut conclure. C'est encore le père Deau qui s'en charge en se tournant vers moi :

— Je suis fier de vous, ma petite Anne, fier et heureux.

Il m'applaudit et une grande partie de la salle le suit. Beaucoup se mettent sagement en rang pour acheter mon livre et me le faire dédicacer. Le professeur cède sa place au père Deau et va se servir du whisky. Pepito par signes me demande si j'en veux et, devant mon hochement de tête, apporte deux verres : un pour moi et un pour le père Deau. Celui-ci proteste à peine.

— Quel bateleur vous faites, père Deau ! On ne va plus pouvoir se passer de vous.

Plus tard, quand nous nous retrouverons en tête à tête pour dîner à nouveau au Noailles, Pepito dira avec admiration :

— Il a retourné la salle. L'opinion est pour toi, maintenant.

Presque deux ans passent sans que nous nous revoyions. Le père Deau voyage régulièrement en compagnie de jeunes gens et de jeunes filles de sa paroisse. Il leur fait visiter Rome, Florence, Varsovie et d'autres capitales des pays de l'Est. Moi, je me rends souvent à Saint-Pétersbourg car j'ai entrepris de raconter sous forme romancée l'histoire de ma famille russe, principalement la dernière année du frère aîné de mon grand-père qui se termine tragiquement par son assassinat et la mise à sac de son domaine, un des plus importants de Russie, en août 1917. Quand je n'écris pas, je lis tout ce que je peux sur cette époque: Mémoires d'aristocrates qui ont survécu et de témoins politiques, journaux, correspondances. M'immerger dans la Russie de 1916 et 1917, oublier le présent me convient.

Un matin du mois d'avril, le père Deau m'appelle: il doit venir à Paris le lendemain pour un rendez-vous vers 11 heures.

— Mon billet de retour est dans l'après-midi. Voulez-vous m'inviter à déjeuner chez vous ? je suis curieux de voir où vous vivez !

Je suis, ce jour-là, particulièrement heureuse de le voir. Un peu avant son appel, j'ai reçu un paquet recommandé que j'identifie tout de suite : c'est mon manuscrit, renvoyé par mon unique oncle russe à qui je dois beaucoup. C'est lui qui m'avait raconté l'histoire de notre famille dont j'ignorais tout. Il m'avait fait lire le journal tenu par le frère aîné de mon grand-père où il relatait, au jour le jour, les améliorations de ses élevages, de ses plantations, le passage des saisons, comme le font tous les propriétaires terriens. En Russie, ce type de journal porte le beau nom de « livre des destins ». On y lit aussi les prémices de la Révolution jusqu'à son assassinat, le 24 août 1917.

Mon oncle m'avait entraînée à sa suite, en août 1994, pour enquêter sur les circonstances de ce drame. C'était mon premier voyage en Russie.

Accompagnés de mon ami qui vivait encore, de ma cousine russo-américaine et d'une petite équipe technique, nous étions allés sur les lieux où s'étendait le splendide domaine de Lotarevo dont maintenant il ne restait plus rien. Il nous fut même impossible de localiser l'endroit où se trouvait la maison. C'était l'illustration parfaite de cette phrase que l'on attribue à Lénine : « Détruisez les nids, les oiseaux ne reviendront pas. » Cela m'avait beaucoup impressionnée et j'avais su qu'un jour, plus tard, j'écrirais cette histoire. Mon oncle avait accepté de me montrer des documents, de m'expliquer le contexte historique de cette tragédie familiale. Il avait précédé cet exposé d'un avertissement sévère : j'avais interdiction d'utiliser les noms des personnes et celui de la propriété, on ne devait rien pouvoir identifier.

— Sinon, je te colle un procès au cul.

Mon oncle pouvait être brutal.

Brutal, il vient de l'être à nouveau.

Par politesse autant que par gratitude, je lui avais envoyé mon manuscrit. J'avais suivi ses recommandations, c'était devenu un roman et seul le déroulé des faits restait calqué sur la réalité. Mon oncle n'était pas à une contradiction près et c'est justement cela qui le mettait hors de lui : que je me permette d'inventer des personnages à partir de notre famille.

Mon manuscrit m'était donc revenu, corrigé à l'encre rouge, avec des commentaires féroces dans la marge de chaque page. Des paragraphes entiers étaient barrés accompagnés d'un « non ! » rageur. Après une telle censure, il ne restait plus rien de mon livre.

Le père Deau sonne.

Comme à chaque fois nous nous étreignons. Il rit pour cacher son émotion, sort de son cartable une bouteille de Malagar que je m'empresse de mettre au frais. Il fait quelques pas dans l'appartement, commente :

— C'est grand chez vous.

Je lui réponds doucement :

— Nous devions être deux…

Il a une mimique désolée pour s'excuser.

— Mais cela reste l'appartement d'une étudiante studieuse qui est devenue un écrivain.

Le fouillis de mon petit bureau l'amuse.

— C'est le même désordre que celui de votre chambre d'adolescente, sur ce point vous ne changez pas !

La chatte qui vit avec moi pointe son museau dans l'embrasure de la porte. Le père Deau s'étonne :

— Ce n'est pas la même que celle que j'ai connue.

Il se met à quatre pattes et l'appelle. La chatte s'enfuit. Je confirme : la précédente est morte et celle-ci est un peu sauvage. Je suis touchée de constater à quel point il se souvient de tout ce qui me concerne comme de sa pudeur, un peu après, qui l'empêche de pénétrer dans ma chambre qu'il ne fait qu'entrevoir. Il bavarde de tout et de rien, me demande des nouvelles de « mon écriture ». Je lui montre alors mon manuscrit. Le nombre des corrections et les passages entièrement barrés, l'utilisation de l'encre rouge qu'il pensait n'appartenir qu'aux professeurs et les commentaires dans la marge le laissent perplexe.

— Nom d'une pipe en bois ! finit-il par dire.

L'utilisation de cette vieille exclamation entendue tant de fois dans mon enfance me redonne confiance. Tout à coup la situation devient comique et nous rions ensemble de l'absurdité de certains commentaires.

— Jamais je n'aurais traité de cette façon vos rédactions pourtant truffées de fautes d'orthographe !

Il repose le manuscrit et nous mangeons le repas sommaire que j'ai préparé. Il me raconte certains de ses voyages, sa rencontre avec une jeune Hongroise qui souhaite être baptisée. Il aimerait que je la connaisse car elle doit venir à Paris. S'étant assuré que je la recevrai chaleureusement, il change de sujet.

— Je ne suis pas venu que pour vous.

Soudain devenu grave, les yeux baissés, il raconte.

Ses parents étaient pauvres et sa mère devait travailler comme bonne à tout faire à Paris, dans un appartement proche du mien. Pour cette raison, il ne l'avait pas vue durant ses années au petit séminaire et après. Il lui donnait rarement de ses nouvelles et elle s'inquiétait. Lui en voulait-il de son absence ? Il ne s'en souvient pas.

— Mais j'ai grandi sans elle.

Sa voix trahit une blessure ancienne, un chagrin d'enfant toujours présent dont il ne m'a jamais parlé et qu'il révèle peut-être pour la première fois.

Il ne voulait pas voir le lieu où elle avait vécu, être envoyé très loin, au Venezuela et en Afrique, l'empêchait de toutes les façons de l'envisager. Depuis sa nomination à Bordeaux, il aurait pu mais il ne s'y décidait pas.

— Je ne pouvais pas, c'est tout, ne me demandez pas pourquoi, je l'ignore.

Il relève la tête et me regarde. Je vois des larmes dans ses yeux et son visage est devenu celui d'un enfant. Mon silence ému l'encourage à poursuivre.

— Et puis, il a fallu que vous, ma petite Anne, veniez vivre à côté. Je ne crois pas au hasard, c'est comme si elle me faisait un signe d'encouragement. Mais pour ne rien vous cacher, hier, quand je vous ai appelée, j'ignorais ce que j'allais faire.

Il retrouve son sourire, l'expression de son visage redevient sereine.

— Il y a quelque chose de si apaisant dans votre appartement... Je me sens prêt... Vous m'accompagnez ? Si elle nous voit – et elle nous voit ! – je suis sûr qu'elle sera contente de votre présence à mes côtés.

Le printemps est en avance sur le parvis de la basilique Sainte-Clotilde. Il fait beau, tous les arbres du petit square en face, avec leurs bourgeons éclatés, semblent célébrer le retour de la lumière, le ciel uniformément bleu. Dans le parterre de fleurs, sur la ronde pelouse verte, les pivoines sauvages et les iris commencent à remplacer les primevères. Sur les bancs quelques personnes lisent ou somnolent, charmées par la douceur de l'air. De rares touristes passent et prennent des photos.

Le père Deau regarde autour de lui et paraît noter tous les détails de ce lieu, comme s'il voulait s'en imprégner.

— C'est calme pour une grande ville, je ne l'aurais jamais imaginé.

Il se retourne vers la basilique.

— Elle venait y prier tous les jours, elle était très pieuse, vous savez.

Nous traversons le parvis. À l'angle de la rue Casimir-Perier et de la rue Las Cases, il me désigne un immeuble, un étage où s'alignent des pots de géraniums.

— C'est là.

Il contemple longuement le balcon sans rien dire. Des voilages aux fenêtres ne nous permettent pas de distinguer quoi que ce soit de l'appartement. Je lui demande s'il a envie qu'on essaie de contacter les actuels propriétaires, il ne le souhaite pas.

— Mais je voudrais dire une prière dans cette église. Vous pouvez m'attendre dehors, si vous voulez, je ne serai pas long.

— Je reste avec vous.

Comme il venait de le faire devant l'immeuble, il regarde attentivement les vitraux, les statues, l'autel et le crucifix, puis il s'agenouille et entre en prière. Assise deux rangs derrière lui, je ne distingue pas son visage dissimulé dans ses mains jointes. Je suis émue par son ardeur et cette sorte d'humilité qui lui sont propres et que je lui ai toujours connues.

Sa prière terminée, il se relève, se signe et nous sortons. Une joie discrète l'anime.

— Merci, dit-il.

Et, comme pour éviter de devenir sentimental, il me taquine :

— Car vous ne devez pas y aller souvent, vous !

— Ici, rarement, mais il y a des églises où j'aime me rendre. La chapelle de Jésus-Enfant, tout à côté, par exemple. Malheureusement, en dehors des offices, elle est fermée. Ce ne fut pas toujours le cas et sans doute votre mère la fréquentait-elle aussi.

— Et cela ne vous donne pas envie de vous rapprocher de la religion, de la Sainte Table ?

Il croit connaître à l'avance mes réponses et continue à me taquiner.

— Parfois, rarement, c'est fugitif. À la messe d'enterrement de ma mère comme à celle de mon oncle Claude, communier m'a fait quelque chose, puis c'est parti.

— Communier ! Vous avez communié, vous ?

Je ne réalise pas le changement de ton, l'arrêt brusque qu'il vient d'opérer et qui me fait m'arrêter aussi.

— Oui, ma mère l'aurait souhaité. À la mort de ma cousine elle avait été ulcérée de constater que toute la famille avait communié sauf mon frère et moi. Quant à mon oncle Claude...

Il m'interrompt brutalement.

— Vous vous étiez confessée auparavant, j'espère ?

— Non, pourquoi ?

— Pourquoi ? Comment ça, pourquoi ? Mais vous auriez dû ! Vous le savez, la communion est un sacrement, on ne communie pas comme vous allumez des cierges, par sentimentalité, par, par...

Je réalise stupéfaite qu'il est très en colère et que cette colère m'est destinée. C'est la première fois que cela se produit et je ne comprends pas.

— Qu'est-ce que j'ai fait de mal ?

— Mais cela ne se fait pas ! On ne reçoit pas le sacrement de l'eucharistie sans avoir été absous de ses péchés par un prêtre. Communier, c'est sérieux, c'est un engagement ! Depuis l'enfance je vous ai toujours tout pardonné, mais ça non, non et non !

La violence de sa colère me fait peur.

— Je ne le savais pas et si je l'ai su, je l'ai oublié.

Ma bonne foi et la frayeur qui m'a saisie le font se calmer. Il me contemple longuement, hésite, se décide.

— Maintenant, vous savez. Votre âme est pure, je la connais, et si vous me promettez de ne pas recommencer, je vous crois sur-le-champ et on n'en reparlera jamais plus.

Je promets, il m'effleure la joue avec tendresse et soudain sursaute en entendant les cloches de la basilique sonner 4 heures.

— Saperlipopette ! C'est que je vais rater le train pour Bordeaux...

Je lui propose de le raccompagner en métro jusqu'à la

gare Montparnasse, il refuse. Nous nous étreignons une dernière fois et il s'éloigne en courant vers la rue Saint-Dominique, le métro Solférino. De dos, il a la force et l'énergie d'un garçon de vingt ans.

Quelques jours après une lettre m'arrive. Elle est plus courte qu'à l'ordinaire. Le père Deau m'y remercie : « Même si vous ne l'aviez pas prévu, vous m'avez aidé. Je me sens maintenant en paix avec moi-même, avec elle. Vous êtes la légitime héritière de la seule carte postale que j'ai gardée d'elle : la voilà. Je ne me souviens pas exactement quand je l'ai reçue, vers douze ans, je suppose, quand j'étais au petit séminaire. Mais je me rappelle avoir été convoqué par le Père supérieur parce qu'elle m'avait appelé, inquiète à cause de mon silence. Il a composé le numéro et je l'ai eue, tremblante parce qu'elle utilisait le téléphone de ses patrons. "Ça va, Marcel ? — Ça va." Le Père supérieur m'a fermement ordonné de lui envoyer une carte postale tous les mois. Après, je ne me souviens pas ou si mal... Des bribes de-ci, de-là... Comme vous le savez, je n'ai jamais été doué pour l'introspection. »

Je contemple la carte postale en noir et blanc.

Elle représente la basilique Sainte-Clotilde, de face. La photo est cadrée de façon que l'on aperçoive à droite des immeubles de la rue de Martignac et à gauche ceux de la rue Casimir-Perier. Sur celui au coin de la rue Las Cases, à un certain balcon, une grosse croix est tracée, avec ces trois mots : « Maman est là. »

Je retourne la carte.

« Mon petit Marcel, je ne voudrais pas que tu penses que ta maman t'abandonne. Je dois travailler chez des personnes qui me traitent bien et je ne peux pas venir te voir. Je sais que tu n'aimes pas écrire, mais essaie de me faire savoir que tu vas bien. Ta maman qui t'aime plus que tout. »

Emportée par une forte émotion, je lis et relis cette vieille carte postale. Tout de suite un détail s'est imposé : le père Deau ne dit jamais « Maman » mais « Elle » et elle, « Ta maman ».

Mon livre russe intitulé *Une poignée de gens* fait partie de la rentrée de septembre 1998. Très vite il obtient un succès que vient couronner le Grand Prix du roman de l'Académie française. C'est une joie immense pour moi et, je le découvre, pour la Maison Gallimard. Le cri de triomphe qui retentit d'un étage à l'autre me démontre combien un prix littéraire consacre un auteur mais aussi le travail des uns et des autres. Et puis je suis sensible à cet élan de sympathie : je me sens appréciée et – j'ose à peine l'écrire – aimée…

Beaucoup de messages d'amis sur le répondeur, quand je rentre chez moi. Parmi eux, l'un m'enchante plus que les autres : celui du père Deau. Il rit de joie, de fierté, c'est presque nerveux. Il me dit que ce prix le récompense d'une carrière de professeur, de pédagogue, souvent obscure, envers laquelle il ne s'est pas toujours senti à la hauteur. Il découvre que lui aussi se sent récompensé et s'accuse avec humour de commettre un péché d'orgueil. Il ajoute : « Je serai présent à la librairie Mollat, quand vous allez venir. »

Il attend, assis au premier rang, entouré de quelques amis venus l'accompagner. Les libraires de chez Mollat l'accueillent comme un vieil habitué de leurs réunions, habitué qu'il est d'ailleurs en train de devenir. « Bonjour, père Deau ! » entend-on ici et là. Lui se lève et salue « comme un artiste », chuchote malicieusement Pepito.

J'entre, reprends ma place sur l'estrade et le dialogue s'engage avec le professeur. La salle nous écoute avec attention. Les Bordelais ont la réputation d'être réservés mais, ce jour-là, ils se laissent aller à une chaleureuse curiosité quand vient le moment des questions. Le père Deau n'est pas le dernier à en poser. Il répète encore et encore nos liens jadis, à Caracas, l'intérêt qu'il portait à mes rédactions, nos conversations littéraires. Il ne cache pas sa fierté :

— Le Grand Prix du roman de l'Académie française ! Vous vous rendez compte ?

Une femme se lève.

— En fait, vous êtes à l'origine de sa vocation.

Cette question le trouble et il m'interroge du regard. Je lui souris, décidée à le laisser se débrouiller avec ce qu'il convient de répondre. Il hésite, puis :

— Disons que je l'ai encouragée à écrire, oui.

Il est si visiblement mal à l'aise de se retrouver tout à coup au centre du débat que je vole à son secours.

— Vous avez fait bien plus que m'encourager. Sans l'intérêt constant, soutenu, que vous portiez à mes modestes écrits d'écolière, je ne suis pas du tout certaine que j'aurais encore eu le désir, tant d'années après, d'écrire. Vous m'avez aussi fait découvrir le bonheur d'être lue.

— Alors pourquoi ne pas l'avoir fait tout de suite ?

Pourquoi un aussi long détour par le métier d'actrice ? continue notre interlocutrice.

C'est à nouveau le père Deau qui répond à ma place.

— Elle a bien eu raison d'attendre. À vingt ans, on n'a encore rien vécu et elle n'aurait fait que mettre ses pieds dans les pantoufles de son illustre grand-père. Il lui a fallu se forger sa propre vie pour avoir une matière suffisamment riche…

Pas faux. Je les laisse discuter entre eux car mes pensées reviennent sur ce qui se disait quelques minutes auparavant. Le père Deau à l'origine de ma vocation ? Qu'est-ce que c'est une « vocation » ? Je ne me suis jamais posé cette question. Enfant, écrire était un plaisir. Après, les années sont passées sans éteindre ce désir. Il était là, tapi, comme attendant son heure pour monter à la surface. À vrai dire, je me fiche de cette histoire de vocation, mais cette dame inconnue vient de me révéler que l'écriture est au cœur de notre amitié, de notre affection. L'idée que je continuerai à écrire pour nourrir ce lien avec le père Deau me plaît.

Je continue donc vaille que vaille à écrire et le père Deau à me lire. S'ensuit toujours une longue lettre détaillée, parfois naïve, et où les compliments l'emportent sur d'éventuelles critiques.

Nous restons souvent longtemps sans nous voir, sans nous parler. Noël et le Nouvel An nous font reprendre contact, comme mes brefs passages à Bordeaux. Il nous arrive aussi de nous écrire, pour rien de précis, pour demander ou prendre des nouvelles. Il est bavard, moi pas, ses lettres sont beaucoup plus longues que les miennes.

Comme tout le monde, je traverse des moments heureux et d'autres douloureux que je garde pour moi. Tout au plus, je me contente d'un laconique « c'est une période pas facile ». Il respecte mon désir de silence et ne cherche pas à en savoir plus. Si cela lui arrive, c'est sous une forme détournée et à l'occasion des vœux du 1er janvier : « Je vous souhaite… plus de hauts que de bas… »

Il m'écrit à quel point son travail de prêtre l'accapare, pas pour s'en plaindre mais pour que je comprenne ses périodes de silence. « Le temps passe vite et on me dévore le peu qui m'en reste. Les fins d'année, vous le savez, il faut faire face à tant de sollicitations. J'ai passé Noël dans notre deuxième paroisse. C'est une toute petite communauté, qui se rassemble dans une de ces merveilleuses petites églises romanes, comme il y en a tant en Gironde. Elle était trop petite pour la messe de minuit, mais on y était bien, si loin des artifices de la ville... à deux kilomètres ! Ce fut un bon Noël, au milieu de gens simples et d'enfants aux grands yeux. »

Plus loin, dans la même lettre : « Depuis plus d'un an, maintenant, j'ai donc quitté le centre-ville et ses embouteillages pour découvrir cette banlieue de Bordeaux. Le Bouscat traîne encore une réputation, semi-centenaire, de "banlieue bourgeoise". C'est de moins en moins vrai et les réalités que je découvre ont un visage bien différent. Des quartiers chauds, des logements sociaux, de grandes détresses. De temps en temps, quelque chose de tout cela reflue jusqu'à nous, mais fugitivement, à l'occasion de baptêmes, de mariages ou d'obsèques. Des rencontres sans lendemain souvent, avec parfois la bonne surprise de revoir, dans un supermarché, des visages à peine entrevus... Alors, entre des rayons de boîtes de conserve, de vraies conversations s'amorcent. Je commence à bien l'aimer, cette banlieue ! Mais je me sens un tout-petit, parmi ces 32 000 habitants.

« Et vous Anne, sœur Anne, que devenez-vous ? »

Qu'il me raconte ainsi son quotidien reprend l'habitude qu'il avait quand il était encore à Caracas et moi déjà à Paris. Comme avant, il a sa vie, de multiples activités, une foi inébranlable. Partout on l'aime, on l'apprécie.

Ses rares vacances, il les passe en Vendée avec sa sœur, ses nièces et ses neveux auxquels il est très attaché. Ou bien il voyage en compagnie de jeunes de sa paroisse. Les longues marches en leur compagnie dans la montagne semblent avoir sa préférence. Il revient souvent à Font-Romeu d'où il m'expédie des cartes postales euphoriques. Cette vie si lisse fait que je ne m'inquiète jamais à son sujet : comme jadis, il est dans ce qu'il dit de lui, il est transparent. Parfois, je m'interroge : et si, justement, il taisait certaines souffrances, certains regrets ? Je lui ai bien caché de douloureuses épreuves, moi... Mes interrogations ne vont pas plus loin.

Fin 2003, il lit mon dernier livre qui doit bientôt paraître, *Je m'appelle Élisabeth*, qui le surprend et l'émeut. « Quelle bonne surprise que ce merveilleux cadeau que vous m'offrez pour Noël, merci, merci, chère Anne. L'imprévu de la rencontre entre Betty qui devient Élisabeth et ce pauvre entre les pauvres, parce qu'il n'est plus apte à vivre en société : cette rencontre je la vois comme le symbole de l'enfance tout entière, qui seule peut nous sauver de nos solitudes. Quelle bonne inspiration vous a guidée ? C'est si différent de ce que vous avez écrit avant ! Dans quelle partie souterraine de votre être êtes-vous descendue ? » Il se réjouit de me revoir bientôt pour en discuter plus profondément. Moi aussi.

Mais cela ne se fera pas.

Peu de temps après, arrive une autre lettre, datée du 12 janvier 2004.

« Bien chère Anne,

« Hélas, je ne pourrai être chez Mollat quand vous

viendrez. Je dois être hospitalisé un de ces jours. Une fatigue anormale en fin d'année m'a amené à consulter. Au bout de la chaîne d'examens, le diagnostic : il faut m'opérer d'un cancer à l'estomac. On me dit qu'on s'en tire très bien ! Mais je dois être "out" quelque temps. Je rencontre le chirurgien demain soir. À partir de là j'en saurai un peu plus sur la date de l'opération et les possibilités de reprendre mes activités. »

Fin février, je me rends à Bordeaux, pour rencontrer les lecteurs de la librairie Mollat. Pepito ne m'accompagne pas, occupé par d'autres auteurs. La vision de la chaise au centre du premier rang occupée par un inconnu me serre le cœur. Jamais je n'ai imaginé que le père Deau puisse ne pas être là pour de telles raisons. Il m'a toujours paru d'une santé de fer, son énergie quand je l'ai retrouvé était égale à celle du jeune prêtre de Caracas. Ces pensées chagrines ne me quittent pas et je réponds mal ou à côté aux questions que l'on me pose.

Le père Deau se repose dans une clinique, il a été opéré, « tout se passe au mieux », m'assure une de ses proches. J'irai lui rendre visite le lendemain, avant de reprendre le TGV pour Paris. J'ai très peur de le voir diminué, de sa souffrance aussi. J'ai peur encore de mes réactions devant lui : saurai-je ne pas me laisser submerger par l'émotion ?

Le lendemain, j'arrive un peu en avance à la clinique Saint-Augustin où le père Deau est hospitalisé. J'attends l'heure des visites dans une salle prévue à cet effet. Peu de personnes, l'endroit est calme et silencieux. Une infirmière vient me chercher.

— Il est impatient de vous voir, il nous a parlé de vous. Mais vous ne devez pas le fatiguer, pas rester longtemps. Ce fut une lourde opération, réussie, bien sûr, mais il lui faudra du temps pour se remettre. Pensez, c'est tout juste s'il a commencé sa convalescence…

Sa tête repose sur d'épais oreillers, ses bras sont allongés le long du corps. Il me semble qu'il porte un pyjama en pilou. La pièce baigne dans la lumière de fin d'hiver et à travers les deux grandes fenêtres il peut apercevoir un peu de ciel. Sur la table de chevet, son vieux bréviaire et une statuette de la Vierge Marie.

Entendant la porte qui se referme, il tourne son visage dans ma direction et esquisse un sourire. Un pauvre sourire qui lui demande un effort. Son visage est considérablement amaigri et très pâle. On lui a raccourci les cheveux et la barbe. Ces changements le rajeunissent, il ressemble au père Deau qui courait en soutane derrière un ballon dans la cour de récréation du Colegio Francia. Mais il semble si vulnérable...

Je me penche et l'embrasse sur le front.

— Vous souffrez?

— Un peu, le pire est derrière, m'assure-t-on. On s'occupe beaucoup de moi ici, je suis gâté comme je n'ai pas l'habitude de l'être. Mais prenez une chaise et racontez-moi la séance chez Mollat.

Sa voix aussi est faible.

Je fais ce qu'il me demande et pose ma main sur la sienne.

— Vous m'avez manqué, au premier rang.

— J'espère bien!

Il voudrait rire de cette marque soudaine de coquetterie mais n'y parvient pas. Seule une minuscule lueur dans ses yeux indique qu'il plaisantait. Parce qu'il est calme, je le deviens aussi.

— Et vous nous préparez un autre livre, je suppose?

— Non, mon père, non.

Je lui raconte alors comment une productrice inconnue m'a contactée, puis persuadée de réaliser un documentaire sur le premier film de Robert Bresson, *Les Anges du péché*, en cours de restauration.

— Elle pense que ce serait parfait pour une soirée Thema d'Arte: *Les Anges* à 20 h 30 et mon docu, ensuite.

Emportée par l'enthousiasme que provoque en moi cette nouvelle aventure, je poursuis mon récit sans réaliser que le père Deau se fatigue et qu'il ne m'écoute qu'à moitié. L'infirmière cogne à la porte et entre pour me le rappeler. Je me lève aussitôt comme prise en faute.

— Elles sont toutes tellement gentilles avec moi, tellement gentilles, répète le père Deau sans remarquer ma soudaine inquiétude.

Et, d'une voix encore plus lasse :

— Maintenant laissez-moi seul, petite Anne, je crois que je vais dormir un peu. Je vous donnerai des nouvelles de ma santé et vous de ce truc nouveau dont je n'ai pas bien compris en quoi il consiste.

Je quitte sa chambre, troublée. L'infirmière me rattrape.

— Ne vous laissez pas effrayer par sa faiblesse, elle est passagère. Il a reçu beaucoup de visites ces derniers jours : sa famille, ses amis, d'autres prêtres... Ah, ça, on peut dire qu'il est aimé !

Le temps passe vite quand on est occupé comme je le suis par cet hypothétique documentaire. Mireille, la productrice, et moi sommes sidérées : tout le monde s'en fiche de Robert Bresson et des *Anges du péché*. À commencer par Arte qui répond négativement ou pas du tout à notre proposition, je ne m'en souviens plus, cela revient au même. On envisage d'autres possibilités, je continue mon travail de recherche autour de ce film, tourné sous l'Occupation, durant l'hiver 1943-1944, et sorti en juin 1944. Pareil pour les futures interviews des témoins encore vivants et pour les choix du cameraman et du preneur de son. Un ami cinéaste me recommande un jeune monteur qui vient de terminer brillamment ses études à la Femis : Guillaume. C'est la première fois que je fais passer une audition et je suis aussi intimidée que lui. Mais nous nous trouverons vite d'autres terrains d'entente : il connaît et aime *Les Anges du péché*, film invisible depuis des années. Et puis, ne sommes-nous pas deux débutants ? Guillaume sera pour beaucoup dans le goût passionné que j'éprouve pour mon nouveau travail.

Je tente une autre tactique : puisque Robert Bresson tout seul n'intéresse personne, il me faut élargir le sujet : le cinéma français sous l'Occupation au travers du tournage d'un film, le sien. La restauration est sur le point de s'achever à Bois-d'Arcy et je peux encore y filmer les techniciens au travail.

La directrice de la Cinq donne son accord à condition de tourner vite de manière que le documentaire puisse être diffusé le 18 septembre à l'occasion des Journées du Patrimoine.

De son côté, le père Deau se remet beaucoup plus rapidement que ne l'avaient espéré les médecins. Il parle déjà de sa maladie au passé, déborde de projets d'avenir. Nos échanges sont rares mais je sais l'essentiel : il est en bonne santé. Lui, me suit de loin avec son habituelle indulgence : « Vous avez toujours été comme ça, quelqu'un qui fonce dans le projet qui vous intéresse, en oubliant la terre entière », et il ajoute : « Mais quand c'est fini, vous nous revenez, il suffit de le savoir et d'être patient. »

Mi-juin, j'ai terminé les interviews et une partie du reportage sur la restauration, sélectionné et filmé les photos et documents. En cours de montage, il nous semble à Guillaume et à moi qu'il nous manque quelque chose d'essentiel.

C'est la productrice, Mireille, qui trouvera.

Le film de Robert Bresson se déroule dans un couvent de religieuses et raconte l'histoire d'amour et de haine de deux d'entre elles. Ne serait-il pas intéressant de le montrer à une religieuse d'aujourd'hui ? Nous sommes tous d'accord sur ce point mais comment la trouver, comment la convaincre de se joindre à nous ?

Une fois de plus, j'en appelle au père Deau. Au téléphone, c'est à peine s'il est surpris :

— Vous m'avez toujours habitué à de drôles de choses, alors rabatteur de religieuses... Oui, bien sûr, j'en connais quelques-unes, à Bordeaux, dont certaines sont des amies. Je les contacte et vous téléphone pour vous rendre compte de ma mission.

— C'est pressé, mon père !

— Compris.

Il paraît si excité, si joyeux que je m'adresse à lui que j'en oublie de lui demander des nouvelles de sa santé.

Sa réponse ne tarde pas. L'expérience tente une religieuse, sœur Marie-Claude, mais elle demande à d'abord visionner le film. Je propose d'envoyer aussitôt la vieille cassette VHS, la seule que nous possédions.

— J'ai le droit de la regarder aussi ?

Sa curiosité gourmande me fait rire.

— Vous avez tous les droits.

Deux jours après, un rendez-vous est fixé le samedi 19 juin, à 14 heures, au domicile des religieuses où sœur Marie-Claude nous attend. Le père Deau sera présent.

Le jour dit, nous débarquons à quatre, la productrice, le cameraman, le preneur de son et moi. C'est le père Deau qui ouvre la porte au premier coup de sonnette. Derrière lui, se tient une femme sans âge précis, les cheveux gris coupés court, le teint rose et lisse, sans aucune ride. Elle porte une jupe droite et un chemisier à petits carreaux, rose lui aussi. Elle nous tend la main et se présente avec simplicité.

— Sœur Marie-Claude.

Je fais de même et nomme mes camarades, suivie par le père Deau qui serre toutes les mains. Il tourne autour de nous, s'agite, bavarde.

— Il y a du café chaud dans la salle à manger-salon où vous pourrez tourner. On dit comme ça, Anne ?

— Oui.

— Tu es parfait dans le rôle de la maîtresse de maison, Marcel, s'amuse sœur Marie-Claude.

Il s'excuse, s'efface pour la laisser passer. La bienveillance amicale entre eux est évidente, ils doivent se connaître depuis longtemps.

Cette pièce commune qui est aussi une cuisine donne encore une sensation de rose grâce aux géraniums fleuris sur l'évier et autour de la fenêtre. Sœur Marie-Claude avec tact nous fait comprendre que c'est le seul endroit où nous pouvons nous tenir, le seul lieu autorisé aux visiteurs. Pendant que le cameraman installe la lumière, sœur Marie-Claude nous sert du café. J'ai envie de lui demander où sont passées les autres sœurs mais je ne le fais pas de peur de paraître indiscrète. De toutes les façons, c'est elle qui parle.

Deux jours auparavant, elles se sont toutes rassemblées autour du magnétoscope pour regarder ensemble le film de Robert Bresson.

— J'étais là, l'interrompt le père Deau.

— Oui, Marcel, tu étais là et tu peux témoigner auprès de ton amie à quel point, après, nos débats furent passionnés. Le personnage de sœur Anne-Marie nous a beaucoup divisées. Il y avait celles qui étaient contre et celles qui étaient pour. Je fais partie de cette dernière catégorie. J'aime son ardeur, sa foi en Dieu, ce désir un peu fou de sauver sœur Thérèse... C'est beau, sa mort, comme s'il fallait le sacrifice de sa vie pour ramener sœur Thérèse à Dieu...

Je tente de calmer sa fougue car c'est à la caméra qu'elle doit réserver le récit de cette soirée. Elle le comprend et s'assoit dans le fauteuil désigné par le cameraman. Elle est docile, confiante. Ce n'est pas le cas du père Deau qui continue à s'agiter, propose un autre angle, souffle à son amie de ne pas oublier tel et tel détail du débat, se lève, entre dans le champ sans même s'en rendre compte. Je me fais autoritaire :

— Ça suffit, père Deau. Vous vous mettez là, vous ne bougez plus et surtout vous vous taisez.

Il m'obéit, penaud, et se tient comme un enfant sage à mes côtés. Par instants, je sens des tressaillements dans son corps qui dévoilent son envie d'intervenir et l'effort que cela lui demande de ne pas le faire.

Sœur Marie-Claude s'exprime clairement, avec enthousiasme et beaucoup de sympathie pour le personnage de sœur Anne-Marie. Elle le fait si facilement que j'ai peu de questions à lui poser et que je la laisse presque tout le temps parler sans l'interrompre.

Puis, je dis d'une voix douce :

— Merci, c'est fini, on coupe.

Un bref échange de regards avec la productrice et les deux techniciens me le confirme.

— On plie, dis-je.

— On quoi ? dit le père Deau en s'ébrouant comme après une douloureuse immobilisation forcée.

— Cela veut dire que c'est très bien, donc fini, et que nous devons rentrer à Paris. Dès demain matin dimanche, je visualise avec Guillaume ce que nous avons filmé pour voir comment on peut le réintégrer dans le montage.

Tour à tour, nous remercions sœur Marie-Claude pour son accueil et sa participation à notre petit film. La productrice note son adresse pour lui envoyer la cassette du documentaire et la copie des *Anges du péché* en version restaurée, quand elle sera prête.

Pendant qu'elles se parlent, le père Deau reprend :

— Quand même… Sœur Anne-Marie, c'est un peu vous et pas du tout vous !

— Vous avez raison, le personnage qui me va droit au

cœur et qui peut me faire pleurer, c'est sœur Thérèse, interprétée par Jany Holt à qui je dédie mon petit film. Nous sommes tous tombés amoureux d'elle.

— Vous ne vous identifiez tout de même pas à Thérèse, à cette meurtrière ! Grâce à Anne-Marie, elle découvre la foi en Dieu et se livre ensuite à la police. C'est un beau personnage tel que les aimait votre grand-père, mais ce n'est pas vous !

Le taxi arrive et nous chargeons le matériel. Il semble un peu perdu mais je n'ai pas le temps de m'y attarder.

— Déjà ?

— Oui, déjà.

Le taxi tourne dans le boulevard. Je garde la vision du père Deau et de sœur Marie-Claude sur le trottoir. Ils avaient imaginé que nous discuterions ensemble plus longtemps du film de Bresson, ils sont déçus, je n'y puis rien.

En novembre, après deux messages laissés sur son répondeur et restés sans réponse, je commence à m'inquiéter pour de bon. Enfin arrive une lettre du père Deau datée du 1er décembre 2004.

« Bien chère Anne, fille de mon cœur !

« Je suis bien lent à réagir, et je vous prie de m'en excuser… une fois de plus !

« Le 21 novembre, j'étais en Vendée pour baptiser l'enfant d'un jeune couple de mes amis et le téléphone portable ne passait pratiquement pas dans le petit village où nous étions… Merci encore, Anne qui m'êtes si chère, de votre appel. Pour vous rassurer, je vous dis tout de suite que je vais bien ! Je vais faire une échographie lundi : contrôle habituel après trois mois. Je me sens bien.

« J'ai repris pour l'essentiel mes activités en septembre, mais en douceur pour le moment. La saison s'y prête peu, car la ruée des baptêmes et des mariages ne viendra qu'avec les premières hirondelles. La douceur du climat bordelais permet de prendre la vie avec calme.

L'hibiscus, sur ma table, refleurit. J'ai même entrepris la lecture des *Mémoires d'outre-tombe*! Quatre fois huit cents pages de Chateaubriand, mais quelle littérature!

« Et vous, Anne, que devenez-vous? Êtes-vous en train de méditer quelque roman? Bien sûr, j'ai regardé la cassette de votre "reportage" sur ces extraordinaires *Anges*. Je n'ai pas encore pris le temps d'en reparler avec sœur Marie-Claude: c'est elle la plus occupée de nous deux! Vous avez fait là un travail remarquable.

« Maintenant que ces longs mois d'épreuve sont derrière, je commence à mesurer tout le poids d'amitié et de tendresse qui s'est manifesté. Je me souviens de votre visite à la clinique, de tant de marques de gentillesse que j'ai reçues... C'est peut-être cela que l'on dit dans "Je crois en Dieu": "La communion des saints." Quand je relis certaines phrases de l'Évangile, je me prends parfois à penser: "Cela est vrai, je l'ai vécu." Je pense en particulier à ce que saint Marc écrit: "En Vérité je vous le déclare, personne n'aura laissé maisons, frères, sœurs, mère, père, enfants ou champs à cause de moi et à cause de l'Évangile sans recevoir au *centuple, maintenant, en ce temps-ci*, maisons, frères, sœurs, mères, enfants et champs..." Anne, vous êtes la part la plus chère de ce centuple qui m'est donné! Il est difficile de dire cela avec des mots humains, toujours pauvres. Aussi, je me réfugie derrière des mots plus sacrés, pour vous dire combien vous êtes chère à mon cœur. "Fille? Sœur?" Dans quelle catégorie vous mettre? Qu'importe, ma petite Anne tellement aimée depuis si longtemps! Votre affection est miel et fleur, et parfums merveilleux. Je sais que votre cœur a souvent été meurtri. Sachez que mon affection vous sera toujours présente. Il faut dire aux gens qu'on aime qu'on les aime ! Entendez ces mots, Anne, qui veulent, bien maladroitement, vous redire la tendresse que j'ai toujours eue pour vous.

« Je vous embrasse aussi tendrement que je puis le faire. J'ai un petit projet qui mijote à feu doux : passer un long week-end à Paris en janvier. Un vieux copain d'enfance qui va déménager insiste pour... On se verra, j'espère, mon cher "centuple".

« Bien tendrement,

« Marcel. »

Je lis et relis sa lettre, très émue. Jamais il ne m'en a dit autant sur les sentiments qu'il me porte. Mais je le savais.

Depuis que nous nous étions retrouvés, en 1988, j'avais vite pensé que personne ne m'avait fait autant confiance que le père Deau ; qu'il croyait en moi aujourd'hui comme il croyait en la gamine de douze ans, à Caracas. « Votre âme est pure », m'avait-il dit lors de nos retrouvailles. À toutes mes erreurs, celles dont je lui parle ou qu'il devine, il me trouve des excuses. Dans la lettre que je viens de recevoir, il me dit son amour. Un amour simple et pur, fidèle et puissant. « Fille ? Sœur ? » écrit-il, et plus loin : « Sachez que mon affection vous sera toujours présente. » Oui, mon père, je le sais et je me sens protégée : je pourrai toujours me réfugier auprès de vous si je ne sais plus où je vais.

Ce que je ne sais pas c'est que cette lettre sera la dernière et le tournage à Bordeaux la dernière fois où je l'ai vu.

Fin mars 2006, je reçois une lettre d'une écriture inconnue qui vient de Bordeaux. Elle est celle d'une amie du père Deau, avec qui j'ai communiqué parfois, rarement. Elle m'apprend sa mort le 26 mars 2006, à la suite d'une très brutale rechute en 2005. Elle me dit encore que ses obsèques ont été célébrées au Bouscat: « Nous étions très nombreux, chacun voulant l'accompagner jusqu'à son départ vers le Seigneur. Ses neveux portaient le cercueil. Les chemins de prière reprenaient son chemin de prêtre ayant vécu son sacerdoce au plus près des personnes. Après la célébration, il est parti rejoindre sa communauté à Chavagnes où il est enterré. Il est rentré définitivement à la maison. »

Une photo en couleurs accompagne ce courrier. Sur un fond que je crois être le bassin d'Arcachon, le père Deau adresse un radieux sourire au bras de son amie. Elle a écrit au revers: « Dernière sortie de Marcel. »

Je n'ai toujours pas compris pourquoi personne ne m'avait prévenue quand il était encore temps de me rendre à son chevet. J'aurais aimé l'assister dans ses derniers moments, lui tenir la main en silence, lui dire par le regard à quel point il me fut cher et précieux.

Encore aujourd'hui, j'ai du mal à croire qu'il n'est plus là. Je me surprends à penser qu'il est en voyage en Afrique, en Italie, à Font-Romeu. Seule sa chaise habituelle au premier rang de la librairie Mollat, occupée par une personne inconnue, me ramène à la réalité : il ne me racontera plus ses vacances.

J'entends aussi son dernier mot : « Déjà ? »

Composition Entrelignes (64).
Achevé d'imprimer
sur Roto-Page
par l'Imprimerie Floch
à Mayenne, le 5 janvier 2017.
Dépôt légal : janvier 2017.
Numéro d'imprimeur : 90581.
ISBN 978-2-07-010712-4 / Imprimé en France.

291134